GOSICK

1

伴隨春天而來的死神

櫻庭一樹
Kazuki Sakuraba

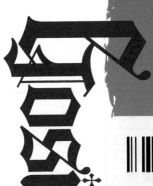

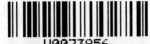

封面、內文插畫／武田日向
小馬插畫／中島鯛

Contents

Character 登場人物

久城一彌……來自日本的留學生，本作的主角
維多利加・德・布洛瓦……擁有智慧之泉的少女
古雷溫・德・布洛瓦……警官
艾薇兒・布萊德利……來自英國的轉學生
塞西爾……教師

長髮公主長到了十二歲，變成天底下最漂亮的女孩子。女巫把她關進一座高高的塔裡。這座高塔既沒有門也沒有樓梯，只有塔頂上的一個小窗戶。每當女巫想要進去，就會站在塔下這麼叫道：

「長髮公主，長髮公主！
把妳的頭髮垂下來。」

——《長髮公主》格林兄弟
格林童話全譯本I　行政出版

序幕

「那個」凝聚在一個小小的身體裡。
所以有很長一段時間，那個國家的人們都沒有注意到「那個」的存在。

「那個」呈現一名嬌小少女的模樣。
所以沒有任何人發現。
荷葉邊與蕾絲豪華夢幻地層層重疊的深處深處再深處——
離奇的黑暗正在沉睡。

迷宮。
成為改變黑暗歷史的第一步，令人驚懼的腦袋——
就在名為維多利加的嬌小少女的體內，靜靜呼吸。

維多利加的頭腦是寬廣之中點綴黑暗，怪異又複雜的迷宮。別說有任何人能夠理解，就連其中的一磚一瓦都不可窺得。所以維多利加一直都是孤單的國王，沒有領土也沒有臣民。廣大的土地，豐富的知識與「智慧之泉」。維多利加總是感到無聊。所以她躲在高聳入雲的圖書館塔，不斷閱讀書籍。好長一段時間，這裡沒有任何人。某位認識她的女性喃喃說道：

「所謂無聊，一定是寂寞的意思吧……」

然而——

現在總算來了一個部下。

她的部下是個個子矮小的黑髮少年。出生在遙遠的異國，有著不常見的膚色，外表看來個性溫和，卻帶著不肯妥協的頑固。渡過海洋，不遠千里而來的人，名字叫久城一彌。他爬上圖書館塔，終於……

與少女相遇。

時值一九二四年——

這裡是歐洲一角，國境鄰接法國、瑞士與義大利，國土雖小卻以悠久莊嚴的歷史自傲的國家，蘇瓦爾。

如果以貴族避暑勝地聞名的地中海沿岸是蘇瓦爾豪華的玄關，那麼阿爾卑斯山脈深處，便可說是沉眠在廣大城堡裡的祕密閣樓。在這座山脈的山腳下，建有一所以教育貴族子弟為目的的名校——聖瑪格麗特學園。

隱身在學園圖書館塔之中，有著灰狼綽號的神祕少女維多利加，與來自東方某國的留學生久城一彌。

少女與少年就在這一年春季的某一天相遇——

第一章

春天來到的旅人將為學園帶來死亡

1

久城一彌是個認真的少年。

認真可以說是他唯一的優點——認真耿直，沉默無趣，沒有任何特色的男人。

他在四個孩子之中排行老么，大哥是武術高手，二哥是超越專家的發明王，美女姊姊甚至擁有舞蹈教師證書。

一彌雖然沒有任何特徵，但是個性最正經，課業成績也最好。這一點得到賞識，再加上一家之主的父親認為他是三男，沒有繼承家業的必要，萬一在異國遭遇不測無法歸國也不會有任何問題，因此來到蘇瓦爾王國這所最近開始招收同盟國留學生的學園。

父親是軍人，每次有事總是對一彌說：「身為帝國軍人的三男……」一彌自己也是小心翼翼，避免做出丟臉的事。身為帝國軍人的三男，一舉一動都要慎重才行……

「……久城同學！久城同學——！」

這一天早上剛過七點。

如果是平時的一彌，早就在男生宿舍的房間裡醒來，洗臉梳頭之後換上制服，發出「喀、喀、喀……」的堅定腳步聲，下樓來到一樓的餐廳。

貴族子弟總是睡到快要遲到才會起床。在一彌算準的時間，餐廳裡沒有任何人。頂多只有年約二十出頭的性感紅髮舍監，獨自坐在圓椅子上翹起二郎腿，一邊抽菸一邊看早報。身為東方人，而且又不屬於貴族階級的一彌，很少有人願意接納他，因此到現在還沒有什麼好朋友。他為了避開那種孤單，故意錯開用餐時間。

可是這天早晨……

剛起床正在洗臉的一彌，被咚咚的敲門聲以及女人的聲音嚇到，披著制服打開門。

一頭有如燃燒火焰的紅髮配上豐滿的體態，性感的舍監一臉睡意站在門前。

「……早安。有、有什麼事嗎？」

「太好了。我就在想久城同學一定起床了。你去買乳酪和火腿回來！」

「……咦？」

舍監不容分說就把一彌從房間裡拖出來，在制服胸前的口袋裡塞進看似三明治的東西。

「怎怎怎、怎麼回事？乳酪和火腿？我去？去哪裡？為什麼？」

「正確來說是瑞可塔乳酪五百公克和火腿一公斤。久城同學去買。村裡的早市。因為我昨天忘記買。」

舍監一口氣回答一彌的問題。一彌將領帶塞進口袋裡：

「為、為什麼？」

「我本來打算去食品行，但是半途遇到朋友邀我參加舞會。然後跳舞，喝葡萄酒就回來了。兩手空空的……所以，快去！大家沒有早餐吃啦！我會被開除！快——點——！」

「呃——我問的為什麼，是問為什麼是我去……」

「因為你起得早。還有你好欺……不對不對，人、人很好，對，你的人很好的關係！」

一彌被人拖下樓梯，毫不留情踢出宿舍。舍監邊搖晃充滿女人味的豐滿身材邊說：

「久城同學的早餐就是那塊三明治囉。我還得去切麵包煮開水才行，快點去買！」

「呃……！」

門啪噠關上。

一彌傻傻地以睡眼惺忪的表情仰望大門，最後嘆了一口氣：

「……好吧。」

無計可施的他只得朝學校大門走去。

一彌打從還在老家的時候，就常被女性任意使喚。記得姊姊說過這是一種才華，不過一彌一點也不這麼認為。如果自己可以像個軍人之子一樣威風，才不會被人使喚……而且還是跑腿這種事……

穿越大門走在通往村裡的碎石路上，一彌忍不住嘆了口氣。

「唉……」

沉默老實，面對女性格外軟弱的久城一彌，擁有任何人都不知道的意外一面。無論是對家人或朋友都不曾透露——其實一彌相當浪漫。

在認真的堅強外表下，藏著自己將會與從未相識的「美麗異性浪漫邂逅」的想像。一彌暗地裡相信，無論任何人，總有一天都會遇到「屬於自己的女孩」。就像是神明撮合一般天造地設，情投意合，可愛得不得了……

……要是讓父親知道自己在想這些事，要不是覺得很丟臉，就是被取笑毫無男子氣概，甚至可能被甩上兩巴掌。如果兩個哥哥知道，大概會被嘲笑三天三夜——所以無論如何都要對家人保密。

（可是屬於我的女孩究竟身在何方……）

嘴裡喃喃說著「一定有的」，又急忙走在村道上，嘆了一口氣。

（例如在一大早……對，就像這樣的早晨……）

一彌開始想像。

（當我走在路上的時候，和突然冒出來的可愛女孩正面相撞。我問她：「沒事吧？」她羞怯地回答：「我沒事，謝謝。」就在眼神交會的瞬間，那個女孩愛上我……）

想到這裡，一彌突然回神，對於自己竟然會有這種拙劣的想像，抖動肩膀笑了起來。

（……真好笑，這種事情絕對不可能在現實發生。現在最重要的是乳酪和火腿。要快點買好，回到學園才行。來這裡留學半年，還沒有遲到的經驗呢。帝國軍人的三男絕對不可以遲到。所以動作要快……）

眼角似乎看到什麼東西橫越——可能是行人吧。這麼一大早，寂靜的村道有人經過還真是少見……

（可是……「屬於我的女孩」……）

一彌雖然急著趕路，不知為何又回到想像的世界。

（可以的話最好是金髮，因為金色很漂亮。在我的祖國從未見過的耀眼髮色……）

就在這時……

嘰嘰嘰嘰嘰……！

聽起來像是煞車聲的奇怪聲音響起。一彌正在認真思考金髮的事，也沒仔細看路就漫不經心地轉彎。接著聽到一聲巨大的衝撞聲響，之後四周又重返寂靜。一彌回過神來——

「……咦？」

有輛德國製的嶄新機車撞上區隔葡萄園的低矮石牆。看來像是沒能順利轉彎，便以驚人的速度撞上去。發現到自己差點被機車撞個正著的一彌，表情變得嚴肅起來。

戴著黑色安全帽的魁梧男子坐在機車上，受到事故的驚嚇而全身僵硬。一彌正想開口抗議，卻發現男子一動也不動，不禁開始擔心起來：

「呃……沒事吧？」

沒有回答。仔細一瞧，戴著安全帽的男子眼睛大睜，一眨也不眨，整個人僵在那裡。

一彌心想：

（我明明想要撞到可愛的女孩，怎麼會是遇上騎機車的魁梧男人呢？真是無聊，沒有比這更糟的事了。）

想著想著又開始嘆氣的時候……

比這更糟的事發生了。

有個東西掉落在地，開始滾動。

正是那個男人的頭。

一彌發出尖叫。

男子的頭連著安全帽不停滾動，停在一彌的腳邊，以僵硬的表情仰望一彌。一彌下意識地對著頭顱說聲：

「沒事吧——!?」

就在這個瞬間……

有如噴水池的水聲響起。一彌抬頭只看見少了頭的頸部噴出鮮血，將無頭屍體與機車染成一片紅。

一彌再度發出尖叫。

血花四濺的背景是閃亮耀眼的朝陽以及綠意盎然的葡萄園——原本這是清爽的早晨。

(不是遇上女孩，卻是遇上無頭屍體嗎……)

一彌皺著眉，露出一張苦瓜臉：

(……早知道就不來留學了。)

再次用力嘆氣……

昏倒。

2

醒來的一彌發現自己躺在陌生房間的床上。小而陰暗的房屋，四周都是藥櫃。一彌坐起身來看向窗外——發現外面是一片校園景色，猜想這裡應該是保健室。

從走廊的另一端傳來可愛的女高音：

「請等一下，警官！您怎麼這麼不講理！」

曾經聽過的聲音，讓一彌抬起頭。過了不久，聲音的主人發出啪噠啪噠的腳步聲接近，打開保健室的門。

露出一個小小的頭。

大大的圓眼鏡，眼尾下垂的棕色眼眸，及肩的棕髮——原來是一彌的導師塞西爾老師。年紀大約二十歲出頭，可是看起來卻比學生還小。是個會讓人想到胖嘟嘟小狗的女性。

老師發現一彌已經清醒，堆起滿臉笑容，進入保健室。

「久城同學醒啦？太好了。沒事吧？」

「啊，是……」

「因為你竟然會遲到，所以害我很擔心。和宿舍方面聯絡，舍監卻吞吞吐吐說不清楚……」

一彌想起乳酪與火腿。認真思考舍監端出沒有配菜的早餐，是不是被罵了……之後又想起那具無頭屍體，臉色又是一陣蒼白。

「之後又收到通知，說什麼在村道發現詭異屍體，你還倒在屍體旁邊，所以就請村民將你抬回來。久城同學……究竟發生了什麼事？」

注意到老師擔心的表情，一彌開始慌張起來。正準備開口說明時，耳朵聽到「嘎啦嘎啦嘎啦」巨大聲響，保健室的門開了。
一彌轉頭往門口望去。
然後全身僵硬。
那裡站著一個奇怪的人。他是身材高眺的年輕男子，長相也很端正，是個帶有貴族氣息的帥哥，服裝也是剪裁合身的西裝搭配閃亮的銀製袖飾。不過……
只有一個地方真是怪異至極。
他的頭。
男子一頭閃閃發亮的金髮，不知為何朝著前方梳得有如尖銳鑽子，順著線條固定成流線型。一彌瞠目結舌仰望金色鑽子頭。男子一手扶牆，單腳往後方伸直，擺出芭蕾舞者般的瀟灑姿勢之後，眼睛望向一彌，開口說道：
「等很久啦。」
「……咦？」
等很久？這是誰啊？一彌顯然很傷腦筋，一旁的塞西爾老師卻倒吸一口氣，怒目瞪視男子。可是男子毫不在意地說道：
「我是古雷溫・德・布洛瓦警官。」

「喔……」

「現在我要對你進行偵訊。」

「啊，我知道了。」

原來是警方的人啊——正當一彌點頭之時，布洛瓦警官彈響手指。接著由遠至近從走廊傳來一陣跑步聲，來了兩個戴著兔皮獵帽的年輕男子。他們和警官不同，有著勞動階級的溫和長相，服裝也是棉製背心配上牢靠的靴子，以及一些在村裡常見的裝扮。看樣子他們是布洛瓦警官的部下。

可是當一彌被兩人拉著離開保健室時……他注意到一件怪事。

兩個年輕部下不知為何手牽著手，緊緊不放。

一彌將目光移開。

再次定睛一看。

……果然還是手牽手。

看到一彌以古怪的眼神看著兩人，兩人似乎想要辯解：

「我們是從小到大的好朋友嘛——」

「哈哈哈——」

兩個人一起露出白色牙齒大笑。一彌抱著頭，完全搞不懂這是怎麼一回事……

布洛瓦警官和兩個怪異部下把一彌帶到校舍裡的資料室。

那是個令人毛骨悚然的陰暗房間。淡咖啡色地球儀，似乎是從印度帶回來，不知什麼東西的巨大木雕，以及成堆似乎從中世紀開始就不知該不該丟，所以隨意堆放的怪異武器。

油燈閃爍不定，不斷發出「噗嗤噗嗤……」的刺耳聲音。

布洛瓦警官讓一彌坐在吱嘎作響的陳舊木椅上，自己則是淺坐在看起來相當牢靠的四方桌子，拿起地球儀轉來轉去：

「久城一彌。十五歲。一九〇九年出生。成績頂尖。沒有朋友。」

突然說起一彌的資料。在最後「沒有朋友」的地方，一彌垂頭喪氣地低下頭。

當自己還在生長的國家時，就讀的士官學校裡有談得來的朋友，也有從小一起長大的鄰居少年。但是自從來到蘇瓦爾之後，一彌一直無法和貴族子弟建立友情，為他們對東方人敬而遠之的態度感到苦惱。

絲毫不管一彌正因此感到煩惱，布洛瓦警官突然「哈哈哈哈！」開始大笑。

「真是傷腦筋啊。少年犯罪的問題真是叫我不知道該如何是好。把一名前途光明的年輕人送上絞刑台非我所願，可是犯罪就是犯罪。」

「……啊？」

回過神的一彌有種非常不妙的預感。往門口的方向一瞄，手牽著手的部下叉開雙腿站在那裡，像是要防止他逃跑。

難不成……？

警官的表情和他說的話完全不同，以開朗的笑容盯著一彌。然後不知為何抬起一隻腳，以不穩的姿勢搖晃身體，伸手指向一彌：

「久城同學，你就是犯人！」

一彌抱著頭，拚命辯駁：

「才不是！我只是碰巧經過那裡而已。怎麼可以隨便含血噴人！我抗議，我嚴正抗議。而且我要求你必須經過仔細調查以及有憑有據的正確推理。我、我……」

「嘖、嘖、嘖！」

「……」

布洛瓦警官邊眨眼邊搖晃食指——這個態度真是令人不敢恭維。一彌焦躁地看著那根指頭，警官卻說出嚇人的話：

「我對你的心理狀況毫無興趣，久城同學。在留學國家犯下殺人罪，想要把它擴大成為外交問題的變態心理。」

「外、外交問題……？」

「遭到殺害的人，是正在休假的政府官員。」
「怎、怎麼會……」
一彌的臉色變得鐵青。
祖國的風景，母親溫柔的表情，父親嚴格的表情，在航向蘇瓦爾的船上甲板看到港都的豔紅朝陽……
一切有如走馬燈橫越腦海。
「……久城同學，犯人除了你之外，我想不出是其他人。」
「怎、怎麼會！你……憑什麼這麼說……？」
「哈哈哈哈哈！這個嘛……」
布洛瓦警官抬起腳來打算換個姿勢之時……
有人敲敲房門。
叩叩、叩叩……！
警官和兩個部下都假裝沒聽到。
又是敲門的聲音……
叩叩、叩叩……！
雖然假裝沒聽到，門還是開了。手牽著手擋住門口的部下背後，露出塞西爾老師可愛的小

臉。笑容滿面的老師鑽過兩個部下緊緊握住的手，走到泫然欲泣的一彌面前，遞出兩張紙：

「這個給你。」

一彌不加思索接下。那是上課用的講義，也是今天早上上課的進度。一張寫著久城一彌的名字，另一張上面……

寫著另外一名少年的名字。

——「維多利加」。

塞西爾老師以不容分說的笑容看著一彌，看到一彌彷彿詢問的眼神：

「這是早上上課的講義。一張是你的，另一張是和你一樣沒來上課的另一名學生的。」

「喔……」

一彌好像聽過「維多利加」這個名字。教室窗邊總是有個空位，從來沒有人坐的位子。來到這裡留學的半年裡，從來沒有看到那個位子的學生出現。

只知道他的名字是維多利加。

雖然曾經納悶他為什麼從來不曾出現……

塞西爾老師依舊滿臉笑容：

「久城同學，快點回教室吧。不過在回去之前，希望你可以送講義到維多利加那裡。你可以幫我這個忙嗎？」

「喔……」

一彌點點頭。布洛瓦警官勃然大怒：

「喂！妳在幹什麼！不要妨礙辦案！」

「恕我直言，警官先生。」

塞西爾以毫不退讓的姿態回頭。像是被她的氣勢震懾的警官不禁閉嘴。

「如果想要把他當成犯人，還請你先拿出逮捕令再說。你這麼做等於是仗著警察權力的蠻橫行為。我代表學園提出抗議！」

警官瞇起眼睛，然後點點頭，以充滿自信的語氣說道：

「嗯。按照這個狀況，今天申請，明天就可以取得逮捕令了。那麼我就明天再來。我可以理解妳想要保護寶貝學生的心情，但是也別忘記在歷史背後有許多因為勇敢而送命的人。勇敢的老師……！」

塞西爾拉著一彌，跌跌撞撞走出那個陰沉的房間。

「老師，呃，謝謝您……」

「好了好了。重要的是把這個拿到圖書館。」

塞西爾老師把講義塞給一彌，在走廊上邊走邊說：

「拿去圖書館。」

「圖、圖書館……嗎？」

「沒錯。」

塞西爾老師點點頭。

看來這個翹課大王兼壞學生的維多利加，似乎是待在圖書館裡面。只是為什麼不來教室，而要待在那種地方呢？

一彌的腦海浮現教室窗邊的空位，以及不知為何對那個位子敬而遠之的同班同學。究竟是怎麼回事？總之，從來沒見過這件事本身就很不尋常。

塞西爾老師以愉快的模樣笑道：

「她在圖書館塔的最頂端。因為她喜歡高的地方。」

「這樣嗎……」

一彌低下頭。

……這時的一彌有種受傷的感覺。老師不稱讚勤奮出席上課，不斷預習加複習，拚命學習這個國家的通用語言法語以及閱讀文獻必備的拉丁語，身為好學生的自己就罷了，還滿面笑容聊著愛翹課的壞學生，不由得有種遭到老師背叛的感覺。

或許是剛才被怪異警官推落恐懼深淵的反動，一彌很難得地不高興說聲：

「我的國家有句諺語：什麼和煙喜歡高的地方。」

「久城同學真是的，才沒有那回事啦。」

塞西爾老師絲毫不受影響，反而露出怪異的笑容。

然後以作夢的表情說道：

「她是個天才喔……！」

3

能夠讓導師略過來自東方島國，成績優秀的好學生，稱他為天才的翹課大王，究竟是何方神聖……？

一彌一邊想著這個問題，一邊走在學園的碎石路上。

雖然顯得不太高興，但是因為天生認真的個性，還是朝著圖書館的方向前進，打算將老師委託的講義送到。模仿法式庭園的校園相當豪華，到處都有噴水池、花壇與小河等，其間更有令人心曠神怡的廣闊草地。一彌就走在草地之間的白色碎石路上。

來到矗立於校舍後方的建築物。

——聖瑪格麗特大圖書館。

角柱狀圖書館裡，整面牆壁都是巨大書櫃。中央是挑高的大廳，高高在上的天花板繪有莊嚴的宗教畫。書架與書架之間以彷彿巨大迷宮的細窄木製樓梯危危顫顫地相連。

傳說這個大圖書館，是在十七世紀初，身為學園創立者的國王，為了在最上方的祕密房間與情婦幽會，故意把它做成迷宮。

現在則是被寂靜包圍，四處飄蕩濃密的塵埃、霉味，以及知性的氣息。

一彌帶著虔敬的心情仰望……

看到似乎是金色衣帶的東西，從天花板附近垂落。

（……那是什麼東西？）

偏著頭的一彌開始攀爬迷宮樓梯。

……從這一面牆爬往另一面牆，搖搖晃晃地慢慢接近天花板，簡直就像是在走鋼索。儘量避免往下看，一面發抖一面爬上細窄的樓梯。

……逐漸感到疲憊。為了一個翹課跑來這種地方的壞學生，憑什麼要我……一邊生氣一邊往上爬，不知不覺已經來到極為接近垂下的金色衣帶附近。

白色細煙往天花板裊裊升起。

一彌戰戰兢兢往前走。

那裡——是一座植物園。

在圖書館的最上方，竟然是個綠意盎然的溫室。從天窗照進來的柔和光線，綠意在風中搖曳。與國王的幽會傳說正好相反，是個明亮無人的房間。

有個身體從溫室往樓梯平台探出的陶瓷娃娃放在那裡。

接近等身大，身高大約一百四十公分的精緻洋娃娃。

漆黑的衣裳，層層疊疊的天鵝絨荷葉邊鋪散在地，有如在陰暗夜色中綻放的不祥小花。裝飾著緞帶蕾絲與薔薇飾品的白色頭飾下方，露出有如鬆開的天鵝絨頭巾般流瀉至地板的美麗金色長髮。

側臉為難以判斷是成人還是孩童的冷冽美貌。

那個被人丟在這裡的昂貴洋娃娃，面無表情，懶洋洋地抽著陶製菸斗。

——洋娃娃在抽菸斗!?

洋娃娃突然——不，是少女開口了。

「遲到還不夠，竟然打算在圖書館打混？你想怎麼樣都隨便你，但是至少不要妨礙我，滾到一邊去。」

少女緩緩閉嘴。

突然響起有如老人的沙啞聲音，讓一彌倒吸口氣。外表和聲音實在是令人訝異的不搭調。包裹在美麗有如夢境的荷葉邊與蕾絲之中的嬌小身材，讓人不禁以為她誕生在這個世上應該只有短短數年，可是聲音卻有如活過數十年般老成……

毫不在意愣在一旁看著自己的一彌，那個冷冽而完美，令人錯認是洋娃娃的少女沉默抽著菸斗。

一彌終於稍微整理自己的思緒：

「咦……難不成妳就是維多利加？」

沒有回應。一彌繼續戰戰兢兢地說道：

「如果是的話，那麼我是拿講義來給妳……」

少女──維多利加默默伸出手。

一彌走近幾步，遞出講義。在這個靜謐的場所，自己的腳步聲出乎意料地響亮，一彌不由得有點退縮。覺得自己好像是這個安靜樂園的不識趣闖入者，悄悄脹紅了臉。

然後偷偷在一旁觀察她。

（……這個壞學生是女生啊。不過真是難得的美少女，第一眼看到還以為是洋娃娃。只不過……總覺得是個有點……不對，是個非常奇怪的女孩。）

伸出一隻手接下講義，又吞雲吐霧地抽起菸斗的詭異少女突然張開的櫻桃小嘴：

「這麼說來，你是誰？」

「咦？」

一彌瑟縮了一下。不知為何臉上微紅：

「我是……久城。和妳同班，不過我們從來沒有見過面。」

「東方人啊。」

少女露出莫名的微笑。冰冷的表情變化令人不寒而慄。

少女繼續以沙啞的聲音高興地說道：

「原來如此。這麼說來，你就是〈伴隨春天而來的死神〉囉？」

「……啊？」

一彌從來沒聽過這個怪說法。少女又笑了：

「你不知道吧？就是和這個充滿霉味和迷信的學園有關的無聊怪談之一。〈春天來到的旅人將為學園帶來死亡〉。這裡的學生不知為何特別喜歡怪談。你正是最好的怪談材料。只是因為內心的恐懼，沒有人敢接近你。」

「什、什麼……!?」

一彌啞口無言站在原地。

……心中好像出現一個大洞。

腦中想起各種情境：獨自待在教室裡的自己，站得遠遠不知交頭接耳說些什麼的貴族子弟，不過是想要和他說句話就飛也似地逃開的鄰座少年——

來到這裡留學半年，一直煩惱為什麼無法和別人建立友誼，難道真的是因為迷信……

一彌突然生起氣來：

「可、可是這太可笑了。我是在半年前來這裡留學，當時是秋天。這不是很奇怪嗎？」

少女的側臉浮現冷笑。

「唔，是這樣嗎？」

「是啊。」

「告訴你，隨便你怎麼說，都跟那些學生沒關係。黑髮沉默的東方人——正好符合死神的形象。」

少女連看都不看愣愣站在原地的一彌，依然以冰冷的側臉對著一彌。

一彌瞪著她的側臉好一會兒——那是浮現冷酷、事不關己，以及拒絕的側臉，也是來到蘇瓦爾之後已經看到煩的側臉。帶有貴族特有的高傲態度。

一彌突然產生一股緊張與反抗的感覺。對於讓自己吃到不少苦頭的貴族社會的反感，一口氣湧上胸口。

轉身打算走下迷宮樓梯。

走了幾步之後……突然想到什麼。

再次轉身向她問道：

「對了，妳……呃，維多利加……」

「……怎麼樣？」

愛理不理的聲音。一彌毫不氣餒地繼續發問：

「妳為什麼知道我遲到？」

少女發出冷笑：

「哼。告訴你，這很簡單，是泉湧而出的『智慧之泉』告訴我的。」

「怎麼說……？」

「這個嘛——」

維多利加得意地拉高沙啞的聲音：

「——久城，我猜你是一個墨守成規，過度認真的無聊男子。」

「妳、妳管我！」

「既然如此，制服的領帶又是怎麼回事？我瞄到原本應該規規矩矩打好的領帶，竟然塞在口袋裡頭。因此我推測你大概是匆匆忙忙衝出宿舍的。」

一彌不由得伸手摸向自己的脖子。的確，沒有摸到應該規規矩矩打好的領帶。它就這麼塞在口袋裡，根本沒有時間理它。
維多利加繼續說道：
「還有那個味道。」
「咦？什麼味道？」
「嗯，應該是麵包的香味吧。為什麼在這個吃午餐嫌太早的時間，隨身帶著麵包呢？也就是說，在另一邊的口袋裡……」
一彌把手伸進另一個口袋。
裡面放著離開宿舍時，舍監硬塞的三明治。雖然已經壓扁，看起來還是相當美味。
「……放著早該吃掉的早餐。所以知道你遲到了。就是這樣。聽得懂嗎？」
維多利加似乎說話說累了，無聊地打個呵欠，做出像是小貓伸懶腰的動作。嬌小的身體伸展開來倒是出乎意料得長，眼尾隱約浮起眼淚。然後又懶洋洋地抽起菸斗。
注意到一彌以看到什麼不明物體的詫異眼神望著自己，她聳聳肩，不得已繼續說下去：
「算了，雖然麻煩……還是詳細說明給你聽吧。」
「嗯嗯……」
「要集中五感。」
「……啊？」

「我的『智慧之泉』為了打發無聊，於是開始玩弄從世界的混沌接收到的各種碎片。」

「混沌……？碎片？智慧之泉……？」

「沒錯。如果說是重新拼湊，應該比較容易理解吧？」

「……重新拼湊？」

「有時會為了讓你們這些凡人也能夠理解，進一步將它語言化。」

「……」

「啊，麻煩的說明結束了。好了……這樣你懂了吧？」

完全不懂的一彌沉默不語。

……有點不高興。

（這是什麼態度啊。根本聽不懂她在說什麼……她的推理確實沒錯。說什麼『智慧之泉』，雖然令人懊惱，也不得不說的確相當高明。只不過從剛才……）

一彌越來越懊惱。無法繼續忍耐這個少女把人看扁，滿不在乎的態度。況且她不是連課都不去上的壞學生嗎？

一彌氣呼呼地開始反駁：

「可是妳自己呢？妳還不是遲到，翹課跑到這裡？憑什麼取笑我？這樣一點也不公平。」

「……哼！」

維多利加以鼻子冷笑。

「告訴你，我才不一樣。」

「哪裡不一樣？」

「我不是遲到，我是從一大早就待在這裡。」

一彌皺起眉頭。

「這算什麼。妳獨自一人待在這裡，到底在做些什麼？」

「思考。」

一彌踏上一階樓梯。

這時的一彌才注意到維多利加隨意坐著的植物園地板的異樣光景。數不清的書籍呈放射狀攤開放在那裡。拉丁語、高等數學、古典文學、生物學……每一本都是難得嚇人的書。一彌倒吸一口氣。

（她難道……同時閱讀這些書嗎……？這麼說來，從剛才開始就看到她邊抽菸斗邊說話，偶爾還會伸手動作。一定是在翻書吧。她就這麼一邊看書一邊推理我的行動……！）

一彌不禁感到背脊一陣發涼。

又想起塞西爾老師甜美的聲音。

（她是個天才喔……！）

一彌好一會兒傻傻地盯著那張無聊至極，索然無味地跳躍閱讀困難書籍的少女側臉。

不知為何有點不服輸。想要嚇嚇這個看來一本正經，聰明過人，卻又怪異至極的少女。

「不過妳絕對不可能知道我遲到的原因吧？」

「……？」

停頓瞬間，維多利加第一次抬頭。

——一彌的心臟差點停止。

閃耀著翡翠綠的大眼睛凝視一彌，有如神祕的寶石在空無一人的植物園角落發出不可思議的光芒。和少女鮮明的金色長髮形成對比，深深打動一彌的心。

然後是不可思議的哀傷表情，有如活太久的老人。

（好可愛……！）

出乎意料的心動，反而讓一彌特別生氣。

重新整理心情，用力吸口氣大聲說道：

「其實是因為殺人事件的緣故。」

……掉了。

菸斗從維多利加嘴邊掉落。

因為菸斗掉在奢華的荷葉邊裙子上，一彌急忙撿起，檢查有沒有菸灰掉落，並且幫忙拍打荷葉邊裙子。再把撿起的菸斗輕輕放回維多利加半開著，彷彿是在示意放在這裡的薄嘴唇。維多利加好一會兒都以多管閒事的眼神看著天生勤快又好事的一彌……

伸手握住菸斗拿開，說了一句：

「……喔——」

一彌不禁皺眉。不知何時已經隨意在維多利加的身邊坐下，開始抱怨：

「喂，只有這樣!?」

「……難道我要說『不愧是死神』比較好嗎？」

「……」

不甘心的一彌好一會兒才重新整理心情，開口說話：

「喂！我告訴妳，今天早上我可是遇到不得了的事。不但目擊了殺人事件，還被髮型怪異的警官當成犯人看待！」

「唔？髮型怪異的警官……？」

維多利加的表情顯然很怪。然而激動的一彌沒有注意：

「……搞不好我還會真的被當成殺人犯判刑。我才不想在人生地不熟的異國被判絞刑。不，或許會被強制遣送回國……？啊——這半年來我是多麼認真向學……啊——怎麼會發生這種事情啊。真是傷腦筋。」

「……你剛才說了髮型怪異的警官吧？」

抬頭的一彌詫異地點頭：

「我是說過啊……？」

維多利加再度浮現惡魔的笑容。她一面冷笑，一面從菸斗吸入大量的煙，然後吐出來。

裊裊白煙往天窗升去。

然後面向一彌，像是突然產生興趣：

「你說說看吧。我幫你重新拼湊混沌。」

「啊？」

不耐煩的維多利加以飛快的速度說道：

「我的意思是說，用我的『智慧之泉』幫你。」

「……為什麼？」

突然冷笑的維多利加讓一彌不知所措，以感覺不對勁的眼神斜眼看著嬌小美少女。

被這麼問道的維多利加倒是大方地說：

「告訴你，為了打發無聊。」

——維多利加不管三七二十一，便要求一彌將事件的始末向她說個清楚。剛才的興奮消失無蹤，一彌只是垂頭喪氣。可是維多利加不理會這麼多：

「不只是你看到的，就連你當時想的事，全部一五一十從頭到屁眼通通說個明白。」

「我、我才不要。憑什麼要我把我想的事情告訴妳。紳士總有一、兩個祕密……」

「如果你是紳士，那我就是神了吧？立刻放棄無聊、無用的反抗。快、快說！」

……尖酸刻薄到了嚇人的地步。從來沒聽過女性以這麼高傲態度說話的一彌大吃一驚，思緒整個凍結，根本無力抵抗。在一彌生長的國家裡，女性總是既乖巧又謹慎。

因此一彌將從未向任何人說過的「屬於我的女孩」、「美妙的邂逅」等夢想都仔細說個清楚。這也是十五年來第一次讓別人知道他有這樣的夢想。一彌的心情低落——如果以在祖國時父親常用的表現方式，就是「嚇得屁滾尿流」，抱著膝蓋低著頭。

「……原來如此。告訴你，我知道了。」

完全沒注意一彌垂頭喪氣的模樣，維多利加抽著菸斗，滿意地點頭。

然後說出過分的話：

「那個髮型怪異的警官說得沒錯。」

一彌突然回過神來，意識也稍微清楚一點。

「妳在胡說什麼!?我絕對……」

「閉嘴。」

「……是。」

「你自己想想看。跳上奔馳中的機車割下人頭這種事，是絕對辦不到的。也不可能是犯案之後立刻跳車。為什麼呢？因為你遇到撞上圍牆的機車時，現場除了你，沒有其他人。」

一彌點頭稱是：

「嗯，沒錯。的確沒有別人。」

「也就是說，究竟是在什麼時候犯案的呢？」

「呃……」

「告訴你，就是在機車停止之後。當時在現場的人，只有你而已。久城，這表示……」

一彌再次有種不祥的預感。回想起在那間陰暗，堆著地球儀與中世紀武器的房間裡，被布洛瓦警官一口咬定的時候。

維多利加就像當時的布洛瓦警官，以菸斗指著一彌：

「你就是犯人。」

然後盯著快要哭出來的一彌，臉上浮起惡魔的微笑：

「……真是有趣！」

「難、難道妳是在捉弄我嗎!?」

維多利加突然以正經的表情仰望起身發怒的一彌，以沙啞的嗓音說道：

「不過呢，我可以推測警官之所以會懷疑你是殺人犯，恐怕就是按照這樣的想法。也就是說，要是不能找到真兇，洗刷你的嫌疑，幸運的話就強制遣返，最糟的下場是在這個國家接受絞刑。你很害怕吧？」

一臉鐵青的一彌坐在地上抱住頭。

從父母親開始，留在祖國的家人與朋友的臉、故鄉的景色等畫面，以驚人的氣勢再次在腦海裡奔馳。

維多利加在一旁瞄著他，然後若無其事地轉向書本，開始翻動書頁。

一邊打呵欠一邊唸唸有詞：

「不過我當然知道真相。」

又開始吞雲吐霧。

天窗射入的春日陽光照得植物園一片暖洋洋。涼爽的風不時吹來，吹動棕櫚葉、大朵紅花以及維多利加的金髮。

過了幾秒，一彌緩緩抬頭問了維多利加一句：

「……妳剛才說妳知道真相？」

維多利加沒有回答。一彌仔細一瞧才發現她已經沉迷在閱讀裡，早就忘了他的存在——而且還以驚人的速度翻閱書頁。

「喂。」

「……嗯？」

維多利加抬起頭。看起來好像沒什麼興趣，還是點點頭：

「當然知道。我的字典裡沒有『不知道』三個字。我可是無所不知……怎麼了？」

一彌忍不住直跺腳。

「什麼怎麼了……那就告訴我啊！」

「嗯……？」

維多利加一臉疑惑，打從心底感到不可思議地反問：

「為什麼？」

——之後的幾十分鐘，一彌又哭又鬧，好說歹說用盡各種方法嘗試說服維多利加。

維多利加一直以冷酷的模樣裝作什麼都不知道，只是不斷閱讀書籍，最後總算是拗不過一彌，只好抬起頭說道：

「我說——」

「嗯、嗯嗯。」

「——我最大的敵人是名叫無聊的傢伙。」

「……啊？」

一彌愣愣回問。不知為何維多利加得意洋洋地說下去：

「食物也是一樣。與其吃些平凡的東西，我還寧願餓肚子。你說，這不正是知性存在的理由嗎？」

「啊……？」

對於反應遲鈍的一彌感到不耐，維多利加把臉湊過去：

「明天就把你出生成長的異國食物帶過來。」

「為、為什麼？這對推理有什麼幫助嗎？」

「能有什麼幫助？不就是食物嗎？」

維多利加以鼻子冷笑。

「也就是說，如果你帶來的食物夠稀奇、夠美味，能夠合我的胃口——久城，我或許會願意救你一命。」

「啊!?」

一彌大叫。只能呆呆地說著：

「難道妳……沒有所謂的善意嗎!?」

「善意？」

維多利加露出輕視的態度。

「那是什麼。那種東西可是知性的墳墓。」

用鼻子哼了一聲之後，便揮動小小的手掌把一彌趕走。

一彌茫然不知所措，有氣無力走出圖書館。上面打著黃銅鉚釘，包覆皮革的門在背後發出啪噠聲響關上。

正當他愣愣站在草地上發呆時，兩個戴著兔皮獵帽的男人從碎石路的另一頭邊跳邊走過來——正是古雷溫．德．布洛瓦警官的兩位部下。兩個大男人依然手牽著手。兩人走過一彌的面前才發現他的存在，靈巧地倒著跳回來。

「久城同學——看你好像很沒精神喔——？」

「是啊，很沒精神。」

一彌的回答很老實。兩個部下看了對方一眼，不知為何「哈哈哈！」笑了起來。

「請問……我真的會被逮捕嗎？」

「嗯——明天吧——」

非常肯定的回答。一彌不禁抱著頭。

「畢竟除了你之外，也找不到其他有嫌疑的人了——」

「而且我們也不能違逆布洛瓦警官——」

「……此話怎麼說？」
兩人又看了對方一眼。
「嗯……其實他是某個貴族的兒子，根本沒念過警校。好像說是想要從事警察工作，所以村裡的警察局就給他一個警官的職位——」
「所以雖然有我們監視他，還是經常亂來——」
「真是傷腦筋啊——貴族打發時間的娛樂——」
看到一彌訝異的模樣，兩人繼續說：
「不過呢，倒是出人意料地一下就猜中犯人呢——雖然一開始會說些莫名奇妙的話，不過過了一個晚上，又會腦筋清楚得判若兩人喔——」
「對啊對啊。或許這就是所謂的天才吧——」
「哈哈哈——」
兩人高興地笑完之後，又跳躍離開。目瞪口呆的一彌目送他們走遠，再次發現自己的處境不太妙，嘆了一口氣。
（啊～～真是夠了，什麼貴族，什麼天才，都去吃屎吧……！）
很不高興地邁開腳步。
陽光被雲遮蔽，不禁有點寒意。風也覺得有點涼。回到宿舍的路非常安靜，好像這個學園除了自己沒有別人。

總之回到宿舍之後，必須翻箱倒櫃好好搜查家人從祖國寄來的箱子才行。還要找出能夠合那位怪異公主胃口的食物才行……

4

第二天早晨，不祥的灰雲覆蓋整個天空，讓人難以相信昨天還是晴朗的好天氣。

早上七點剛過，就有人敲響男生宿舍一彌房間的房門。洗過臉，理好頭髮，一彌邊打領帶邊開門，只看到滿臉擔心的舍監左右晃動的紅髮。

「久城同學……！聽說你昨天吃了不少苦頭!?對不起，都是大姊拜託你去跑腿……」

「不會。倒是早餐沒問題吧……？」

「……被罵啦。」

舍監忍不住低下頭。

一彌拿著某樣東西遞到她的面前。袋子裡頭裝著許多從沒見過的粉紅、橘色、黃色小球。

舍監用力聞聞味道：

「……這是什麼？」

「這是點心，妳覺得怎麼樣……？」

「怎麼樣……看起來好像滿好吃的？」

「太好了。那就決定是它了。」

一彌點點頭，像是鬆了一口氣。

在門關上之前，舍監環視整個房間，一臉不可思議的表情。一向把房間整理得整整齊齊的好學生一彌，房間裡竟然四處散落亂七八糟的行李。

（久城同學到底在幹什麼……？）

舍監偏著頭邁步走開。

一彌小心翼翼抱著裝有點心的袋子上學。昨天晚上把家人寄來的大包小包全都翻出來，終於找到一彌認為女孩子會喜歡的點心。在陰沉沉的天色中，往ㄈ字型的莊嚴校舍走去。進入教室，貴族子弟一如往常躲得遠遠的，只是一直偷瞄這邊。

一彌毫不在意，看著窗邊的空位──維多利加的位子……看來今天依舊沒有出席。

（果然不在教室嗎……沒辦法，午休再到圖書館看看吧。）

一彌一邊思考一邊獨自點頭……

走廊傳來成年男女爭論的聲音。

「太不講理了！」

「哈哈哈！我今天可是有逮捕令！這是留學生的政治殺人！應該會形成外交問題！」

一彌匆忙起身——看來布洛瓦警官比預料中還要早來。而且還真的帶著逮捕令……

一彌抱著糖果袋打開教室窗戶。毫不理會竊竊私語的學生，雙眼一閉就從二樓的窗戶往外跳。

一本正經又老實的一彌，有生以來第一次從門以外的出口離開教室。

一彌雖然害怕，還是翻個觔斗落在中庭的草地。

（好痛……！）

像是在對內心的恐懼落井下石，頭上傳來教室的喧鬧聲。可以聽到「啊！」、「死神逃了！」的對話。生氣的一彌瞪向教室的窗戶。

（……可惡，真的在背後叫我「死神」！）

——一彌連滾帶爬逃進大圖書館，拚命衝上迷宮樓梯。

往上綿延不斷，搖搖晃晃的迷宮樓梯。莊嚴的宗教畫在遙遠的天花板俯視一彌。今天也可以看到金色衣帶從扶手間隔往下垂。在微風的吹拂之下，有如邀約般輕輕擺動……

「……維多利加！」

一彌總算來到植物園，只看到維多利加以和昨天完全相同的姿勢，在植物的包圍之中，無趣地跳躍閱讀呈放射狀攤開的書。

等到一彌氣喘呼呼地接近，她才興味索然地抬起頭：

「……你怎麼又來了。」

慵懶地抽著菸斗。

「久城，你沒有朋友很寂寞吧？」

「……少說些有的沒的！」

一彌被少女尖銳的發言刺傷，當場坐倒在地。

「重要的是昨天的事。那個、那個啦！」

「……哪個？」

「推理啊！就是殺人事件的真相!?」

維多利加抬起頭，楞楞地看著一彌，好不容易終於想起，「啊」了一聲點點頭。

然後伸出小手。

一彌嘆口氣，把糖果袋放在她的手掌心。維多利加喜出望外打開袋子：

「……唔咕。這是什麼？」

「這叫雛米果（註：日本傳統點心。把煮熟之後加以乾燥的糯米乾炒，再用砂糖調味）。」

「從沒嚐過的味道。唔咕……」

「……」

「唔咕唔咕……」

「……」

「唔咕……」

「…………呃，那個……」

維多利加以彷彿小動物的可愛動作，不停吃著異國食物。似乎對於少有的味道與形狀充滿興趣，沉迷其中，小手抓住雛米果送進口中，不斷咀嚼。

一彌焦急等待維多利加想起自己的事。

越來越不安。

（我把一切都賭在這個女孩身上……仔細想想，我對於她究竟是誰，是否真的知道事件的真相根本一無所知。萬一她是因為想吃點心，所以隨便說說騙我的話怎麼辦？我的逮捕令都已經發出來了……）

遙遠下方的大廳傳來有人進入的腳步聲。一彌從樓梯扶手之間往下看，忍不住跳起來。

可以看到尖銳的金色頭髮——那是布洛瓦警官。他在確認一彌的身影之後，急忙往大廳的深處走去。那裡有僅供教職員使用的油壓式電梯。

喀噠、喀噠、喀噠——！

鐵柵欄發出尖銳的聲音，不停向上升。

一彌快要哭出來，不由得大叫：

「這會變成外交問題！」

唔咕、唔、咕……

維多利加停下吃著雛米果的手，抬起頭來。一彌一邊發抖一邊大叫：

「我會被爸爸給宰了！不對，在那之前我早就被人處以絞刑了！對，我會死在異國！我才不要這樣！」

維多利加目瞪口呆地盯著一彌好一會兒。然後浮起惡魔的微笑，喃喃說道：

「……死神哭了。」

一彌回頭大喊：

「喂！」

「……開玩笑的。」

「開玩笑!?攸關人命的事，妳竟然拿來開玩笑!?妳真的不知道什麼話該說，什麼話不該說……笑什麼笑！不准笑！妳……」

一彌越是認真抗議，維多利加就笑得越愉快。然後很高興地說：

「……好啦，告訴你，冷靜一點。」

「冷靜？現在的狀況要我冷靜？冷靜有什麼用？我還寧願逃跑。一邊呻吟一邊跑到天涯海角。嗚——！嗚嗚——！」

一彌的臉隨著呻吟脹得通紅。

鐵柵欄往上升的聲音響起。

維多利加也不笑了，似乎已經感到厭煩：

「吵死人了。沒辦法，我現在就說明給你聽。」

「快點！快點！」

一彌急得跺腳。維多利加悠閒地抽著菸斗：

「聽清楚了。要讓機車失控，斬掉人頭，並不需要騎上機車，甚至不需要接近。」

「為什麼？嗚——！」

「因為對方的速度已經很快了。」

「嗚——！嗚——！嗯，怎麼回事？」

一彌終於冷靜下來，露出天生好學生的模樣，為了搞清楚維多利加的說明，挺直身體席地而坐。

維多利加將纖細的手臂左右伸開：

「事先在機車會通過的路上綁上類似鐵絲的東西，會發生什麼事呢？既然對方一定會通過，而且那條路在那個時間又沒人經過。當機車快速通過時，就被會那條鐵絲切斷腦袋。犯人只要回收鐵絲逃走就行了。」

一臉傻呼呼的一彌看著維多利加。

他擦去額頭上的汗珠，試著深呼吸。

「這、這樣啊……」

「唔。」

「可是，維多利加。那個，證據……」

冷靜的維多利加繼續抽菸斗。

「因為你當時沿著一大早應該不會有人經過的路走來，並發出尖叫的緣故，使得犯人不得不逃離現場……也不是沒有這樣的可能性。說不定犯人來不及回收鐵絲……」

嘰嘰——！

鐵欄杆升到頂點，在不祥的沉默之後，發出巨大的喀嗟聲響便停住。

鐵門打開。

髮型固定成怪異流線型的警官，擺出瀟灑的姿勢站在綠意盎然的另一頭。

可是當布洛瓦警官看到植物園裡坐在一彌對面的維多利加時，意外地睜大眼眸。

（咦……？）

一彌注意到警官的表情變化。

（難道他認識維多利加……？）

看往維多利加，她卻裝作沒看到，將眼神從警官身上移開，一頭埋進書裡繼續看書。

（嗯……？）

警官像是重新振作精神，把眼光轉向一彌。

手上握著一捆染血的鐵絲，把它遞給一彌時還抬起腳來大叫：

「哈哈哈！這就是證據！」

布洛瓦警官的叫聲響徹安靜的植物園。

「在現場附近發現的！就纏在路樹上面。嗯……雖然不知道是怎麼回事，不過一定是你幹的！你被逮捕了！國際殺人犯！」

一彌露出游刃有餘的笑容，回頭對著維多利加說道：

「請妳說明吧，維多利加。向這位警官說明妳的推理。」

……沒有回答。

回頭只看見維多利加嘴裡塞滿雛米果，一邊咀嚼一邊望著這邊。聳聳肩像是在說「我才不要」，又把視線轉回書上。

「咦，呃……維多利加？」

布洛瓦警官不斷逼近。

顫抖的一彌再次大叫：

「你搞錯了！聽我說，警官！」

——就在一彌靠自己的努力向警官說明鐵絲的推理，主張自己的清白時。

維多利加像是突然產生興趣，先是盯著染血的鐵絲，又拿起來左看右看。

一彌花了不少時間才勉強說服警官，把自己從嫌犯名單刪除。維多利加絲毫不管全身無力一屁股坐倒在地的一彌，突然抬起頭來：

「……古雷溫。」

警官的臉頰突然抖了一下。

「什、什麼事？」

一彌注意到這個變化，抬頭仔細觀察布洛瓦警官。

布洛瓦警官的臉不知為何像個害怕的孩子般抖個不停。嬌小，全身上下都是荷葉邊的維多利加好像擁有強大力量的強者，讓他驚懼不已。

大人與小孩的立場似乎瞬間發出喀嚓聲響互換——實在是極為詭異的光景。

警官張開直打哆嗦的嘴唇：

「我、我再也不會借用妳的力量！」

維多利加發出冷笑：

「……隨你便。」

「呃——你們兩個果然認識？」

……沒有人回答。

一彌頓時洩了氣。

布洛瓦警官聳聳肩，踏進電梯，關上鐵柵欄。

風從天窗吹入，搖晃的棕櫚葉發出沙沙聲響。

維多利加突然以平穩的聲音說道：

「真兇是個金髮少女。而且手指有傷。」

警官以詫異的表情回頭。

「什麼……？」

「去外科醫院找吧。古雷溫。」

警官愣住的臉，隨著鐵柵欄的下降，喀噠、喀噠——消失在下方……

等到警官的身影遠去。維多利加像是再度對捲入自己的現實失去興趣，慵懶地抽菸斗。像是什麼事情都沒發生，慢慢翻閱書頁。

傻傻的一彌總算回過神來：

「……對了，維多利加……」

「……」

「我問妳，剛才那是怎麼回事？」

「……嗯？」

維多利加抬起頭來。不耐煩地開口：

「喔，那是思考的結果。是泉湧而出的『智慧之泉』告訴我的。」

又是一片沉默。

維多利加像是敗給一彌緊追不捨的視線，抬起頭不耐煩地說道：

「久城，你自己想想看。犯人為什麼故意採取這麼特別的殺人方法？明明就還有刺殺、毆打、槍殺等許多更方便的方法。」

「這、這個嘛……」

「因為害怕被害者的緣故。」

維多利加抓起雛米果繼續說下去：

「犯人是女性，要不然就是小孩。被害者是成年男子。因為犯人害怕，無法直接對被害者下手，所以選擇能夠遙控的殺害方法。也就是說如此一來，一個在肉體條件遠遠不及被害者的人便浮現了。」

「……為什麼說手上有傷呢？」

「我在確認鐵絲的時候，發現除了切斷被害者頭的位置有血之外，兩端還有些微血跡——那是犯人的血。恐怕是犯人在裝上或是打算拆除鐵絲時不小心割到手。」

坐著的一彌不知不覺伸手拿起雛米果。

一邊咀嚼懷念的味道，一邊不可思議地問道：

「可是金髮少女又是……？」

「久城，關於你那羞人的夢想……」

一彌「哇！」大叫一聲跳起來，還不小心嚥下雛米果……維多利加對他的不安毫無興趣，只是淡淡地說：

「人類是對視覺刺激有所反應的生物。映入眼簾之後開始產生聯想，然後就是幻想的第一步。懂了嗎？」

「嗯、嗯……？」

「那麼，久城。在你被舍監叫去跑腿，正在匆忙趕路的時候，為什麼會莫名奇妙開始出現慾望，產生一大堆無聊的夢想呢？」

一彌脹紅了臉：

「妳，怎麼這麼直接……別、別說什麼慾望……！」

維多利加從嘴裡拿出菸斗，白色的細煙朝著天窗冉冉上升。

維多利加將最後的碎片語言化：

「久城，你走在空無一人的村道時，眼角餘光看到那名少女。應該是個可愛的金髮少女。因此和夢想連結在一起。那正是你無意間目擊的犯人長相。」

5

〈機車斬首事件破案！

布洛瓦警官立下大功，獲頒警政署特別獎！〉

第二天早上，和平常一樣比其他男學生更早起，下樓來到餐廳的一彌，向舍監打過招呼之後便開始吃早餐。

舍監為了表示歉意，特地拿出最高級的火腿給一彌當早餐。然後就坐在圓椅子上翹起二郎腿，和平常一樣抽菸看早報。

一彌瞄了一眼，標題才映入眼簾，他就忍不住跳了起來。向舍監借來早報，開始閱讀。報導寫著……

『按照布洛瓦警官的推理，在外科醫院逮捕犯人——真是出乎意料，竟然是個楚楚可憐的金髮少女!?雖然犯罪動機不明，但是一向以驚人速度破案的警官，獲得蘇瓦爾警政署頒發警政署特別獎……』

這條新聞附有遭到逮捕的犯人照片。

一彌注意到低著頭的少女的手。

手指上——纏著一圈又一圈的繃帶。

（這不是完全符合維多利加的推理嗎?可是……）

搶走功勞的警官和她究竟是什麼關係……?

全部都是一彌不了解的事。以令人驚訝的聰明才智解開謎團的少女本身，才是最為巨大、怪異的……謎團。

今天早上和昨天完全不同，天氣晴朗，陽光眩目。一彌心中雖然有著許多的煩惱，還是一如往常戴著學生帽，抬頭挺胸走向校舍。

進入教室之後，就像這半年來一樣，沒有和任何人交談，坐在自己的位子上。但是在無意識間，多了一個過去沒有的動作。

視線飄往窗邊的空位。

想到應該要坐在那個位子，但是從來不曾出現的不可思議少女。

微微露出笑容。

（我已經認識那個位子的學生了。她——那個不可思議的生物，今天早上一定也自行前往圖書館塔，在植物園的正中央，與「智慧之泉」，呈放射線狀攤開的書，享受混沌的幽會吧。維多利加……妳真是個怪人！）

覺得好笑的一彌不禁笑了出來。

（下次再帶稀奇的點心去看她吧。她似乎滿喜歡雛米果的。維多利加真有趣，簡直像是松鼠塞了滿嘴的果實，臉頰鼓起來了……）

——鐘聲響起。

塞西爾老師一如往常走進教室。

跟在她後面的……

是一名高䠷的少女。

健康苗條的身材。濃密的金髮及有如是在誇耀優雅的頭蓋骨曲線，剪成俏麗的短髮。輪廓深邃，即使從遠處看去也有眩目的美貌。

塞西爾老師滿面笑容：

「由我介紹來自英國的留學生。艾薇兒・布萊德利同學。大家要和睦相處喔。」

少女一面微笑一邊偏頭。塞西爾老師四下張望：

「位子嘛，呃……久城同學旁邊的位置是空的吧。」

正在發呆的一彌慌忙點頭，和少女艾薇兒四目相望。艾薇兒親切地露出微笑，一彌有點害羞地脹紅了臉。

艾薇兒踏著有如在雲端漫舞的優雅腳步走來，走到一彌隔壁的位置。

把書包放在桌上，正打算就座時，書包掉在地上。

一彌以天生的認真模樣，撿起艾薇兒的書包。艾薇兒像是吃了一驚看著一彌。

「妳沒事吧？」

「沒事。謝謝。」

接下書包的艾薇兒再次微笑——有如花朵綻放，華麗不帶任何陰影的微笑。

對於有如夢境的相遇，一彌大吃一驚，不由得全身僵硬。艾薇兒滿臉笑容地將目光從一彌身上移開，重新面對黑板。

但是……

一彌的視線離開她的臉，看往她放在桌上的手。那裡有個令人訝異的東西。右手的拇指與食指纏著一圈又一圈的繃帶。應該是受傷了。

（不、不會吧……！）

一彌倒吸一口氣。

想起圖書館塔的怪異少女維多利加的沙啞嗓音。

（真兇是個金髮少女。而且手指有傷。）

喀噠──！

一彌不由得站起來。發出的聲音讓塞西爾老師和其他的同班同學都訝異地看著一彌。一彌急忙重新坐好，然後抱著頭。

金髮少女。

手指有傷。

符合這兩個條件，來自英國的留學生艾薇兒．布萊德利……！

（不會吧……！一定是偶然。因為犯人已經遭到逮捕。這個繃帶只是因為別的原因而受傷的。這只是偶、然……）

溫暖的春風從窗外吹來。女學生的長髮、制服的裙擺，在風的吹拂下輕盈搖晃。

（對了，現在是春天……）

一彌在心中茫然地喃喃自語。

（〈春天來到的旅人將為學園帶來死亡〉……！）

手指包著繃帶的金髮少女察覺一彌的視線，回過頭來。注意他的眼神帶著懷疑，瞬間轉為與剛才的爽朗笑容判若兩人的可怕眼神，瞪了一彌一眼。

（她真的只是普通的留學生嗎……？不對，似乎有什麼古怪……）

一彌望了過去。可是艾薇兒已經移開視線。

自東方某國來到蘇瓦爾，身為帝國軍人三男的久城一彌，與在圖書館塔最上方，埋在南國樹木與難解書籍當中的不可思議少女維多利加。自從兩人相遇、建立友誼之後，學園裡的許多祕密接連解開。

兩人首先踏上圍繞著神祕留學生艾薇兒・布萊德利以及寫有怪異咒術的〈紫書〉推理與冒險之旅。但是，那又是別的故事了——

第二章

樓梯的第十三階

發生不祥之事

黑暗——

空氣十分乾燥。

有如剛從野地摘回來，沾滿夜露的櫻草花束在黑暗之中搖曳。

身穿中世紀騎士裝扮的年輕男子把櫻草抱在胸前，靜靜呼吸。

彷彿嘆息的聲音流漏而出。

「永、遠——」

聲音越來越小。

「……和、你、在、一、起。」

生氣好像被這句話吸走，失去色澤的櫻草花逐漸枯萎。

他位在有如地下室的場所，與沒有燈火的絕望關在一起。一動也不動的騎士抱著花束靜靜呼吸。

沒有其他的聲音。

最後……那個聲音再度重複一次。

「——永遠和你在一起。」

樓梯的第十三階發生不祥之事

漫長的歲月流逝……

1

和煦的春日午後。

聖瑪格麗特大圖書館——

直聳入天的角柱高塔。整面牆壁都是巨大書架的挑高大廳，與稍微溼潤，只能說是書香氣息的空氣。

這裡是人稱西歐小巨人的蘇瓦爾王國的山中名校，聖瑪格麗特學園自豪的建築物之一。據說是當時的國王為了和情婦祕密幽會故意蓋得好像迷宮，漫長的迷宮樓梯直達天際……

就在接近大圖書館天花板之處，有個被天窗射入的光線照亮，綠意盎然的奇異植物園。那裡升起一縷細細白煙。

陶製的白色菸斗。以綠色眼眸凝視菸斗飄出的輕煙，沉溺於思考當中的人，是有著令人誤認成陶瓷娃娃的外表，美貌又嬌小的少女。

美麗的金色長髮，有如解開的天鵝絨頭巾般瀉落在地上。絲絨粉色緞帶綁在似乎隨時可能折斷的纖細背上，有如交錯的小鳥翅膀往下垂。套著白色鏤空蕾絲做出層層蓬鬆效果的奢華洋裝的大腿上，放著一本攤開的厚重書籍。

攤開的書呈放射狀擺在少女周圍，不知為何還散落著粉紅色MACARON。

——少女突然動了起來。

圖書館入口釘有黃銅柳釘，包覆皮革的推門被人用力推開，發出有人進入的聲音。

少女從扶手間隔探頭向下望，輕輕蹙眉。

淡綠色的少女眼眸看起來像是天真無邪的小孩，又像活得太久的老太婆，著實難以捉摸。嬌小的身體像是感到興趣倚著扶手往下看，莫名端整的臉上露出的表情籠罩倦怠，有如冰冷的洋娃娃一動也不動。

至於進來的人……

「……真不想見到她。怎麼辦呢。」

這個人則站在圖書館大廳煩惱不已。

來者是久城一彌，現年十五歲，是一名憑藉優秀的成績從東方國家來到蘇瓦爾留學的少年。因為學生之間盛傳的〈春天來到的旅人將為學園帶來死亡〉怪談的緣故，被人取了一個

「死神」的綽號，一直都交不到什麼好朋友，這半年以來一直過著辛苦的留學生活。

他在三天前不小心捲入殺人事件，得以認識圖書館上方的不可思議少女（其實是同班同學……不過她老是翹課待在圖書館，從來沒進過教室），靠著她的頭腦——本人所說的「智慧之泉」，得以在千鈞一髮之際獲救。

「嗯……雖然有事想找她商量……可是她實在令人難以捉摸，給人一種可怕的感覺……說不定她很討厭我……哈啾！」

一彌打個噴嚏。

季節雖然進入春天，但是風中還有冬日的餘韻，顯得相當寒冷。有個東西輕飄飄從圖書館上方落在擤著鼻涕的一彌頭上。

有如白色羽毛的東西。

——原來是衛生紙。

一彌伸手接住衛生紙，把鼻涕擤乾淨。然後盯著衛生紙想了好一會兒，領悟到是上面的人丟給自己，先是很驚訝地睜大眼睛，接著滿臉笑容仰望上方：

「維多利加！是我！久城——！」

精神百倍地衝上迷宮樓梯。

過了數分鐘——

「呼、呼、呼……呼、呼……！」

爬上漫長樓梯的一彌顯得很累，一邊抓著扶手喘氣，一邊向吞雲吐霧的少女——維多利加打招呼：

「嗨，維多利加。多謝妳的衛生紙。」

「……」

維多利加沒有回應，只是抽著菸斗把頭埋進書裡。

一彌在她的身邊坐下：

「還有要為前幾天的事道謝。」

「……」

「對了，還有件事想要請教妳……」

「……」

「呃，維多利加，妳有在聽我說話嗎……？」

好一會兒都沒有回答。洋娃娃般的側臉只有故意裝作不知，不理不睬的冷淡。焦急地等待回應，可是維多利加連頭都也不抬，冷冰冰地說道：

「不要接近我。很困擾。」

「為、為什麼？」

不高興的一彌忍不住回問。

「你不是死神嗎？」

原本就被維多利加冷冰冰的態度觸怒的一彌，對於「死神」兩字有了很大的反應：

「對——就是這件事！」

維多利加盯著書看的眼眸像是被一彌的聲音嚇到，稍微睜開一點。籠罩倦怠面紗的冷冽表情，像是有一股新風吹入。

「死神另有其人，那個人才是死神！」

「……那個人？」

「艾薇兒．布萊德利！她是來自英國的留學生。乍看之下只不過是個可愛女孩，事實上她有祕密……咦？那隻手是怎麼回事？」

維多利加雖然臉轉到旁邊，卻對一彌伸出手來。

一彌不可思議地盯著小巧有如小孩的手掌。

「……什麼？」

維多利加沒有回答，只是不斷揮手。

「啐……我懂了。難得一見的食物吧？」

明白她的用意的一彌點點頭。

這個少女的口頭禪就是「無聊是我最大的敵人」，除非獻上難得一見的食物供她打發無聊，否則絕對不聽一彌想說的事。為此一彌在前來圖書館之前，還特地回到宿舍一趟，翻遍家鄉寄來的東西，尋找可以久放的稀奇點心……

雖然一彌認真煩惱這樣究竟算不算是賄賂，還是取出隨身帶來的小袋子。

「拿去，維多利加。這是我姊姊寄來的點心，叫作雷粔籹（註：日本傳統甜點，類似台灣的爆米香）。」

一直對他視若無睹的維多利加突然抬起頭來。把書放在地上，興致勃勃地把手伸入袋中。就像抱緊食物的小動物，抱著袋子喜孜孜地拿起點心塞滿臉頰。

「咕嘟咕嘟……這是什麼東西？怎麼這麼硬？這玩意好吃嗎？」

「這個嘛。對了，維多利加……」

一彌一直盯著維多利加的臉。

維多利加嘆口氣：

「……我知道了。既然你想說，你就說吧。」

2

——這天早上，一彌和平常一樣準時離開男生宿舍，抬頭挺胸往校舍的方向前進。

這是天氣晴朗的早晨。模仿法式庭園打造的校園，各處都有五彩繽紛的花壇，飄蕩花朵的香甜氣息。就算總是快步走向校舍的一彌，在這天早晨也不由得放慢腳步，開始欣賞花壇與樹木的綠意。

「咦？呃……是坐隔壁的久城同學嗎？」

就在校舍前方，一彌被一名女孩叫住。回頭看到一個面熟的少女——短短的金髮配上健康修長的手腳，看來是個活潑的美少女。

她是不久前剛從英國前來留學的同班同學艾薇兒．布萊德利。

「喏，一起進教室吧！」

艾薇兒不管害羞的一彌，與他並肩往前走。帶著成熟韻味，輪廓分明的臉上浮著毫無陰霾的爽朗笑容。

「聽說久城同學也是留學生？」

一彌雖然有些緊張，還是點了點頭。

說道：

「嗯，是啊……」

並肩同行才發現艾薇兒的高大。身高和一彌差不多，體格比較接近成年女性而不是少女。

一彌突然懷疑她是不是真的只有十五歲。艾薇兒一點也不在乎他的沉默，興致勃勃地繼續

「對了，你不覺得這個學園很怪嗎？有著悠久的歷史，無論是校舍、庭園和宿舍都好舊。因為我在英國上的學校很新，所以這種學校讓我覺得很新鮮。還有，你知道有很多怪談嗎？」

「……難不成是〈伴隨春天而來的死神〉？」

「那是什麼？不對，我聽到的是〈不可在樓梯十三階停下腳步〉。聽說在樓梯十三階有上吊的教師，會把人拖到陰間。啊哈哈哈哈！」

艾薇兒以可愛的表情爽朗大笑：

「世界上怎麼會有幽靈呢？相信這種東西真是太無聊了！」

……看來這位留學生似乎是對怪談或迷信嗤之以鼻。

「不過還是覺得很有趣吧？讓人好興奮。好像有種『來吧！艾薇兒的冒險即將開始！』的感覺。我爺爺是冒險家。你知道布萊德利爵士嗎？他是開著吉普車前往非洲，乘坐熱氣球橫越大西洋的人呢。」

這個名字好像在哪裡聽過。好像曾經在報紙上看過關於他的報導。

「只不過最後連著熱氣球不知消失在何處……」

啊，是那則報導。

「我的夢想就是和爺爺一樣成為了不起的冒險家。現在的我想要飛機駕照、機車……不過也想要美麗的衣服……」

一彌腦中不由得浮起艾薇兒發出尖叫乘著熱氣球飛走的畫面，不知何時她已經轉為認真的表情。如此的艾薇兒和剛才開朗可愛的女學生簡直判若兩人。臉上蒙上不祥的陰影，聲音也變得低沉：

「我啊……其實是為了找尋某個東西才會來到這個學園。非常重要的東西。」

「是什麼東西？」

「那是……祕密！」

「唔……？」

一彌一邊和艾薇兒說話，一邊觀察她的手指。

艾薇兒的右手指尖纏著白色繃帶。

附近不久前才發生殺人事件。一彌差點被當成犯人的那個殺人事件凶手，在小偵探維多利加的推理之下遭到逮捕……應該是這樣才對。

可是有件事卻一直盤據一彌的腦海……

就是凶手的特徵。按照維多利加所言，那是一位金髮美少女，而且手指上有傷。不久有這個特徵的少女遭到逮捕，而且她也認罪了。

可是在那之後轉學進來的艾薇兒……是個金髮美少女，而且手上有傷……

這是偶然嗎？或者真正的犯人應該是……？

「……艾薇兒，這個傷是怎麼回事？」

一彌盯著她的手指這麼一問，艾薇兒臉上的笑容突然消失。

「…………………這個沒什麼啦。」

「嗯？這樣啊。」

艾薇兒沉默不語。

一彌懷疑地看著艾薇兒僵硬的表情。臉上不祥的陰沉模樣，和剛才開朗天真的少女完全判若兩人。

（她真的有點怪……？）

就在這時，從校舍裡匆忙走出的塞西爾老師，看到兩人便朝著他們揮手。

塞西爾老師是兩人以及維多利加就讀班級的導師，是一名身材嬌小的年輕女性。及肩棕髮配上大大的圓眼鏡，有點娃娃臉的外表還滿可愛的。

「你們來得正好。你們兩個放學後可以幫老師一個忙嗎？」

聽到老師開朗的聲音，艾薇兒也滿臉笑容答應。一邊看著她愉快地對老師說很喜歡這個學園的側臉，一彌一邊覺得自己想太多了，對於自己老是想著這些有的沒的感到羞愧。

老師希望請他們兩人一起參加葬禮。長久以來擔任學園工友的老人因病去世，放學後將在校內小教堂的公墓舉行簡單的葬禮……

因此在放學之後，一彌和艾薇兒跟著塞西爾老師，一同前往校內與圖書館方向相反，位於另一端的公墓。

豪華的聖瑪格麗特學園位於山麓的廣大土地。大量使用平緩傾斜的土地，以高聳有如城牆的樹籬分隔開校園內外。樹籬由園丁按照季節剪成動物以及城堡之類的美麗設計。

ㄈ字型的巨大校舍矗立在校園中心。猶如法式庭園的廣闊土地上，有著學生宿舍、餐廳、大圖書館、教堂四處散布在廣大校園各處，以花壇、草地、池塘以及噴水池等美麗的庭園小徑閒適地連結。

一彌有經過教堂的經驗，但是艾薇兒似乎是第一次看到。艾薇兒對著聳立的古老歌德教堂，飽經風霜有如遺跡的墓室發出感到稀奇的歡呼聲。

「好棒!?」

不過一彌並不這麼認為。他覺得這裡的氣氛陰暗，因此一直對教堂周圍敬而遠之。

令人注目的墓室就位在墓地正中央，大大的十字架下方有扇鐵門。裡面是陰暗、寬敞的迷宮房間，好幾個平台上面安置著遺體。

艾薇兒說這令她想起「羅密歐與茱麗葉」最後兩人服毒身亡的場景。這麼說來的確沒錯。

按照塞西爾老師的說法：

「這裡已經有好久沒有使用了。八年前學園裡有個學生去世，之後就再也沒有開啟。這一段時間裡很幸運，沒有學園相關人員去世。」

身強力壯的葬儀社男性工作人員，拿著塞西爾老師給的鑰匙打算打開墓室鐵門。

門鎖生鏽了，轉不太動。

強風吹動艾薇兒與塞西爾老師的頭髮。

門鎖總算打開，可是這回輪到鐵門卡住，一動也不動。

葬儀社人員回頭希望一彌過去幫忙，於是一彌也和他們一起拉著鐵門。

嘰嘰、嘰嘰嘰、嘰——！

鐵門總算緩緩打開。

鐵鏽的味道。

就在門打開的當下，上面緩緩朝著站在門前的一彌……

掉下一具屍體。

3

「……真不愧是死神。」

維多利加姑且聽了一下事情經過，覺得很麻煩地如此說道。

「喂！」

「這種點心怎麼這麼硬……我不要了！」

無奈地咬著維多利加丟出來的雷粔籹，一彌嘆了口氣：

「……妳聽我說嘛。而且……」

——掉在一彌身上的東西，是一具已經蠟化的男性屍體。

眼窩陷落窟窿，臉頰早已風乾，以死前的表情直接乾燥。

男子穿著怪異的服裝——那是中世紀騎士禮服，胸前還有櫻草。

掉在一彌身上的屍體發出「喀啦喀啦」聲響，頭、軀幹、手腳等部位紛紛解體，掉落在地。乾燥的櫻草花也化為粉末隨風而逝。

塞西爾老師馬上暈倒。

葬儀社人員放聲大叫。

然後……在那之後……

「……艾薇兒做了一件怪事。」

一彌低聲喃喃說道：

「我想只有我看到……」

——艾薇兒沒有發出尖叫。她在一彌回頭看往塞西爾老師的時候，以野生動物的敏捷身手穿過一彌的視野。訝異的一彌一直看著艾薇兒——

他看到艾薇兒躍過解體落地的屍體，在墓室裡輕盈著地。蹲下之後伸出手……

將「某個東西」從地板上撿起來……

「……某個東西？」

一彌點頭回應維多利加的問題。

「一本書。是一本紫色封面，薄薄的書。」

「嗯？」

「然後急忙藏在書包裡。我還聽到她當時的自言自語：『這東西怎麼會在這裡？』」

「……真怪異。」

「嗯。說不定那本書就是她說的『想找的東西』。可是為什麼會在那種地方……?那本書究竟是什麼書?」

維多利加「呼~」打個呵欠。

「誰知道……」

「妳、妳認真聽我說嘛。她的確做出怪異的行為吧?再加上先前殺人事件的犯人,按照妳的說法,是個手指有傷的金髮美少女。或許出自偶然,但是艾薇兒……」

維多利加似乎覺得很受不了:

「告訴你,那個事件的犯人已經遭到逮捕。」

「嗯……可是我在想,〈伴隨春天而來的死神〉會不會就是艾薇兒……」

維多利加無視一彌說的話。她雖然抱怨雷粔籹,其實還滿喜歡的。於是一邊咬一邊說:

「這件事姑且不管,至於鐵門一打開就有屍體掉下來——那個人在鐵門上鎖時還活著。他被某個人活活關進陰暗的墓室,在求救之時筋疲力竭,就這麼站著變成屍體。」

一彌倒吸口氣。

這麼說來……

「原來是這樣……因為穿著很久以前的服裝,我還以為是很古老的屍體……那就是在八年前打開墓室時關在裡面的……？」

如果是這樣，其實還不算太久。

一彌想起蠟化屍體垂死掙扎的表情，沉默不語。

「……那麼說來，八年前在那裡發生的殺人事件、留在現場的紫書，以及偷偷撿起它，來自英國的留學生。那本書究竟是……」

就在這時……

喀啦、喀啦、喀啦——！

教職員專用的油壓式電梯不識趣地搖晃溫室中的樹木往上升。鐵製電梯在發出巨大聲響之後停止。

鐵柵欄發出「喀噠喀噠」的聲音打開。

——雙手抱胸靠在門上，擺出瀟灑姿勢的美男子。

三件式西裝配上光滑發亮的寬領帶，手上還有銀製袖飾。除此之外還有將充滿自信的打扮破壞殆盡，牢牢固定成流線型的神祕髮型。

他是古雷溫・德・布洛瓦警官。曾經因為數日前發生的殺人事件，打算逮捕一彌……他因為貴族的一時興起而成為警察，實在是個令人困擾的人。

維多利加瞬間瞄了他一眼，隨即別開目光。然後像把臉塞進書裡，再次抽起菸斗，用力把煙吸進去。

布洛瓦警官也只是用眼角餘光瞄過維多利加，也沒打聲招呼，反而是親暱地朝著一彌：

「喲，久城同學！」

「……有何貴幹？」

一彌一步一步向後退。警官的臉上浮起令人不舒服的笑容：

「你可是託我優秀頭腦的福，好不容易洗清殺人嫌疑的吧？」

「……正好相反。」

「如果你想報恩，我也不反對。對了，關於今天早上的〈騎士木乃伊事件〉……」

看來警官似乎也是這個事件的負責人，所以立刻趕來學園。一彌悄悄往迷宮樓梯下方看去，發現前幾天見過的警官部下男子兩人組，就站在圖書館的入口附近。不知為何又是手牽著手，歪著頭不安地往這邊張望。

回想起來，上次警官來到這裡的時候，一開口就認定一彌是犯人，還揚言要逮捕他。但是聽過維多利加的「智慧之泉」的抽絲剝繭，知道真兇之後就直接逮捕犯人，將功勞占為己有。

外表不像精明能幹，不知為何卻擁有名警官的響亮名號，難不成他老是靠這招……？

可是這位神祕警官與維多利加似乎原本就認識，雙方的關係卻是水火不容。上次也是，別說是對話，就連眼神也沒有對上，讓夾在他們中間的一彌不知如何是好，傷透腦筋。

一彌偷偷望向維多利加。她的表情比平常還要冷漠，簡直是冷若冰霜。

接著維多利加將菸斗從嘴裡拿開：

「你就聽聽看吧，久城。我只是正好在這裡看書。又不會聽古雷溫說話。」

布洛瓦警官的身體抖了一下。

「……反正如果我無意中聽到，說不定我會將個人的感想，不是告訴古雷溫，而是告訴你呢，久城。」

「啊，嗯……呃……」

一彌看著兩人的臉，兩人都把頭別開。

這到底是怎麼一回事……!?布洛瓦警官不理會疑惑的一彌，逕自說道：

「既然如此……久城同學，我只是正巧和你在這個地方說話罷了，那我就說了。」

「啊……」

布洛瓦警官從頭到尾都對著一彌說話。一彌朝維多利加看了一眼——她雖然把頭埋在書裡，卻豎起小巧可愛的耳朵悄悄傾聽……

「從那個墓室裡掉下來的屍體，似乎是名為馬克希姆的男子。他雖然是學園的畢業生，但是一到春季時分就會突然回來，停留一段時間之後再出發旅行，是個神祕的男子。根據傳聞，他是詐欺、恐嚇、竊盜等壞事做盡的人，似乎遭到眾人厭惡，恐怕就是因此被殺。無論外形特徵、失蹤時期都符合，據說是個美男子。不過他在八年前的春天回到學園停留數週，但是把行李留在房間裡就突然失蹤。」

警官話說到這裡，嘆了口氣：

「可是還有一個疑問。究竟是誰殺了他？為什麼會在那種地方殺他？那個墓室最後一次使用已經是八年前的事。根據名為塞西爾的教師的說法，據說是一位女學生在久病之後不幸過世。在那之後再也沒有人開過那扇鐵門。據說墓室鑰匙曾經在葬禮之前被人偷走。之後就重新換過門鎖，並且嚴密保管鑰匙。不過就算闖進墓室，也找不到什麼值錢的東西吧？因為那裡只有遺體啊……」

警官一個人笑了起來，然後又回到正經的表情：

「鑰匙現在已經生鏽了。還有八年前舉辦葬禮的也是同一家葬儀社，所以我去問過，他們說在舉行葬禮時，不論是墓室內外都沒有看到馬克希姆。因為葬儀社人員曾經進入內部，所以他們的證詞應該沒錯。他們確認內部，安置好女學生的遺體便將門上鎖。之後八年之間，沒有任何人開過鐵門……如果真的是這樣，馬克希姆又是怎麼進入墓室的？還有，他是為了什麼目的？」

警官以苦澀的表情繼續說下去：

「八年前死去的馬克希姆為什麼要打扮成很久以前的騎士？裝飾在胸前的櫻草花束又有什麼意義？」

話說到這裡中斷，接著低聲說道：

「最大的問題是，如果馬克希姆不是自己進入墓室，這就是一件殺人事件。因為有某人將他活生生關在裡面。八年前發生的命案——犯人恐怕還在這個學園裡。沒有任何人發現他的罪行，悠閒地過日子。你要知道，這是不可原諒的犯罪。」

布洛瓦警官說完便以嚴肅的表情凝視空中。尖銳的髮型在天窗射入的陽光照耀之下，散發金色光芒。

「……唔。」

維多利加抬起頭。

一彌嚇了一跳。維多利加的臉上帶著微紅，剛才充滿倦怠感的無聊表情，像是多了一些生氣。這是不是表示她多少感到有點興趣……？

「妳知道什麼了嗎？」

「真是一團混沌。原本明明沒有這麼複雜的。」

手伸向雷粔籹，以小小的雙手拿到嘴前，吃了起來。

「唔咕……真相不是單純至極嗎?唔咕。我的『智慧之泉』為了打發無聊,玩弄這些混沌碎片,再試著重新拼湊。事情簡單之至。呼~啊!」

愛睏地打個呵欠。

發現到一彌和警官正在焦急等待她說下去,厭煩地說道:

「不過還缺了一個碎片。當然是因為古雷溫怠慢的緣故。」

「什麼……!?」

「如果想知道真相,就去把碎片撿回來吧。」

維多利加背對兩人:

「你們去葬儀社問問題。聽清楚,要這麼問:『墓室裡的遺體是不是少了一具?』」

一彌與警官面面相覷。

4

「……真是的,說個話也要裝模作樣。就是這樣我才討厭灰狼!」

布洛瓦警官口中唸唸有詞不停抱怨,走在通往村子的路上。

「……灰狼？」

警官沒有回答。臉上不只憤怒……還包含畏懼什麼的僵硬表情。

警官接著碎碎唸道：

「我還有其他的案件要辦，很忙的……」

就這麼不停抱怨。似乎是收到惡名昭彰的大盜來到這個村裡的怪異情報，警察局被逼著非得處理不可。

這件事暫且不管，警官帶著兩個部下，以及莫名奇妙跟來的一彌，前往造訪位於村郊的葬儀社。按照維多利加的指示發問，葬儀社的人員急忙回到墓室檢查。

「的確少了一具。」

年輕的葬儀社人員指著墓室深處：

「按照年代順序排列，裡頭有一個台座是空的。」

年長的葬儀社人員大吃一驚：

「怎麼可能？應該都排得整整齊齊，一具也沒少才對啊。八年前我進來的時候看到的狀況就是這樣啊！」

他推開年輕人進到裡面，驚訝地大叫：

「真的！竟然少了一具!?怪了……？這是怎麼回事？」

葬儀社人員和警官一行人面面相覷。

在回到學園的路上，警官一個人說著什麼遺體少了，櫻草花束之類的話。不時還可以聽到他在碎碎唸：

「該死的灰狼……！」

每次聽到他這麼說，一彌總是歪著頭，懷疑他口中的灰狼是什麼。

回到學園，走在通往圖書館的白色碎石小道……

圖書館包覆皮革的門打開，一個面熟的少女快步走出──那是艾薇兒．布萊德利。

一彌不假思索「……啊！」了一聲，警官抬起頭來：

「怎麼啦，久城同學？」

「呃……」

想起上次被錯認為是殺人事件嫌犯時嚐到的苦頭，又想到艾薇兒只不過是有點奇怪而已，於是打消把這件事告訴警官的念頭。

「沒有，沒事……」

走遠的艾薇兒側臉依然浮現那個令一彌起疑的不祥表情，看起來完全不像是天真無邪的少女。開朗的艾薇兒只是她的演技，真正的她說不定……？

一彌帶著煩惱走進圖書館，四處尋找艾薇兒究竟為了什麼來到這裡——可是圖書館和平常一模一樣，並沒有什麼不尋常的地方。

（果然是我想太多嗎……？）

布洛瓦警官搭乘電梯來到最高處。

過了數分鐘——

一彌氣喘吁吁爬上迷宮樓梯，到達維多利加所在的植物園，維多利加和警官兩人則是一言不發，保持沉默。

從天窗吹來的風拂動樹葉。

「……所以呢，久城同學——」

警官開口說道：

「——的確少了一具遺體。」

「……我知道啊。剛才我一直和警官在一起。」

「犯人是誰啊？」

「警官啊……別問我，應該問維多利加……」

「明明就說好只要收集到最後一個碎片，就要告訴我殺人犯的名字……」

「警官！」

一直將臉埋在書本裡的維多利加臉也不抬，直接說了一句：
「八年前病死的女學生名字是？」
「她叫米莉．馬露。」
「那就是犯人的名字。」
維多利加這麼說完，便啣著菸斗抬起頭來。
鴉雀無聲的植物園裡，有如被人潑了一桶冷水。一彌和警官的嘴張得大大的，盯著從容不迫的維多利加。
「……咦？」
「犯人是米莉．馬露。」
「為什麼呢，久城同學？米莉早就在舉行葬禮之前就死了啊！」
「我不是說過了，警官不該問我，應該問……」
一彌轉向維多利加……
「……這是怎麼回事？難道那個女學生是假死……？」
「不，是真的死了。也就是說這是『死者犯下的殺人案件』。」
白色細煙從菸斗直直上升。

維多利加把書本從腿上拿開，眼睛盯著兩人——那是一雙澄澈得不可思議的眼眸。這樣的她看起來並不裝模作樣，也不冰冷。一彌突然覺得她不壞，只是非常怪異。

維多利加說道：

「馬克希姆——這些過程都只是我的想像，被臥病在床的米莉．馬露選為死亡旅程的同伴。因為騎士必須伴隨、守護貴婦。」

「所以才會……穿上那身服裝……？」

「不只是這樣。這裡一共有三個混沌碎片。第一個是中世紀的騎士服裝。第二是被偷的鑰匙。最後一個是過去的遺骸少了一具。將這些碎片重新拼湊可以得到這種結論：米莉．馬露對馬克希姆下了安眠藥讓他睡著，如此一來才能幫他換上騎士的服裝。然後利用偷來的鑰匙進入墓室，把以前的騎士遺骸和扮成騎士陷入沉睡的馬克希姆掉包。之後她便死了。當葬儀社的人要將米莉．馬露的遺體送進墓室時，馬克希姆就睡在裡面。很遺憾，他沒有發現自己被人選為共赴黃泉的伴侶。葬儀社的人也沒有注意陰暗墓室裡，從以前一直在那裡，早已看慣的遺骸被掉包成服裝一樣的活人。於是他們埋葬了已死的米莉．馬露，緊緊關上墓室。等到馬克希姆醒來，裡頭一片黑暗，只有遺骸。也許他找到死去的少女，弄懂事情的真相，也可能四處漆黑一片，最後什麼都不知道……可是鐵門已經緊緊關上。」

維多利加閉上嘴。

一彌嚇得臉色鐵青。

往旁邊一看，布洛瓦警官也臉色發白低著頭。

「……怎麼會有這種事！」

只有維多利加以隔岸觀火的態度對待事物的善惡，以及恐懼、喜悅等人們的感情，以濕潤玻璃珠的眼眸凝視遙遠的空中。

一彌再次心想，她果然是個非常不可思議的人。

維多利加又開口了：

「……我當然沒有證據。而且已經是八年前的事了。不過只有這樣才說得通。」

植物園被沉重的沉默所包圍。

突然傳來一個聲響。

一彌抬頭一看，看到布洛瓦警官突然站起身來。他背對著兩人快步走開，正打算走進電梯的鐵柵欄。

完全沒有對維多利加以及一彌打聲招呼。一彌生氣地叫住警官：

「警官，你該向維多利加道謝。是她把真相告訴你的。」

回過頭的警官聳聳肩：

「你在說些什麼啊，久城同學？我只是來聽你這個目擊者的說法而已。再見……！」

喀噠——！

鐵柵欄關上。

「什麼……！」

不理會發怒的一彌，抬起頭來的維多利加以慵懶的聲音叫住他：

「古雷溫。」

再次回頭的警官顯得很不高興，可是眼中帶有微微的不安。

「……幹嘛？」

連回問的聲音都在顫抖。

兩人之間的氣氛遽變。有如膽小的孩子，目不轉睛看著維多利加的警官，以及悠然將他的視線擋回去的少女。

有如成人與孩子的立場交換對調，不可思議的瞬間——

「你應該調查那兩個人——米莉．馬露與馬克希姆之間的關係。馬克希姆是個俊俏的美男子。不過少女殺人的動機，就藏在櫻草花束裡。」

一彌想起屍體胸前的櫻草花束。乾燥的花束隨著屍體掉地而化為碎片，隨風而逝……

「櫻草的花語是『永遠和你在一起』。再見了，古雷溫。」

——喀啦、喀啦！

布洛瓦警官瞠目結舌的臉隨著鐵柵欄下降緩緩消失。

一彌看到那張臉從地上消失的瞬間，看起來非常悔恨……

5

布洛瓦警官離開之後，位於聖瑪格麗特大圖書館最上方，綠意昂然的植物園再度回歸原本的寂靜。

維多利加「呼～」打個呵欠，又把書本攤在腿上，繼續專心閱讀。她正以飛快的速度跳躍閱讀那本以難懂的拉丁語寫成的厚重書籍。

一彌偷看一下她的身影，終於提起勇氣打斷她的閱讀。

「……我說，維多利加……」

「唔!?久城，你還在這裡啊？」

「當然在啊。維多利加，我從剛才就一直在妳旁邊。」

一彌繼續說道：

「的確，八年前的馬克希姆殺人事件我是懂了，可是還有另外一件不是嗎？」

「什麼事啊！真是夠了！你怎麼這麼煩啊！」

維多利不耐煩地大叫。一彌被她的話嚇了一跳。

「幹、幹嘛這麼生氣，我原本就是為了那件事爬上來的。妳忘了嗎？」

「哼。我怎麼可能忘記。只不過是事情變得越來越麻煩罷了。」

「要不然把雷粔籹還我！」

「唔？」

兩人互瞪。

天窗射入的眩目陽光，照亮兩人的臉龐。

「……真是的。久城，你真是個吵死人的傢伙。」

「維多利加也是既壞心眼又反覆無常，很過分的傢伙啊！」

「這裡是只有書本的安靜地方，是個不被任何人打擾，能夠沉溺在知性與倦怠之中的樂園。可是你每次只要大聲嚷嚷爬上迷宮樓梯，就會被捲入愚蠢的騷動，變成這副慘樣。這幾天來，真的讓我非常困擾。」

「我、我只是……因為妳很可靠……」

一彌的聲音微微顫抖。維多利加只是哼了一聲把頭偏向旁邊。

「而且我為了討妳歡心，特別帶了點心過來……」

一彌開始垂頭喪氣。維多利加看了他的表情一眼：
「……不過倒是不會無聊。」
這麼一說，一彌的臉突然亮起來。
「只是我最大的敵人是無聊，排第二的敵人卻是吵鬧。」
「啊？」
「你就是趕走我最大敵人的第二號敵人……給我滾，我已經受夠吵鬧了。」
「等一下，維多利加！妳！」
一彌發怒了，終究拗不過他的維多利加只好闔上書本。
「到底有什麼事啊，真是的！」
「……我想要問妳的事，就是艾薇兒在墓室撿到的那本紫色封面的書。」
一彌邊說邊回憶起許多事情——艾薇兒臉上浮現的不祥神情，與一瞥而過的紫黑色怪異封面重疊在一起。
那本不祥的紫書——
和屍體一起封在墓室裡的那本書——
「艾薇兒『想找的東西』就是那本書嗎？為什麼會掉落在八年前殺人事件的地點，在那之後應該沒有任何人進入的墓室地板？她真的和犯罪無關嗎？那本書究竟是怎麼回事？」

「……就是這些？」

「嗯。關鍵就是書。一開始最大的問題就是那本書。書！書！書！還有艾薇兒！」

維多利加煩不勝煩地說道：

「……只要解開這個謎，我的第二號敵人，也就是你，就會離開這裡吧？」

因為維多利加不高興地不斷重覆，一彌雖然心想「妳真的這麼討厭我嗎……？」而感到難過，還是勉強點頭。

「對了……剛才艾薇兒也跑來圖書館，難不成是來找我？」

「為什麼會這麼想？」

「因為我……目擊到她撿起那本書，說不定她也發現我看到了，所以……」

「久城，如果你真的懷疑那個少女，不是應該把這件事告訴古雷溫？可是你沒有這麼做。」

一彌勉勉強強地點頭。

「嗯……我的確覺得艾薇兒不太對勁，可是又覺得她沒那麼怪。我也搞不懂到底是怎麼回事，總不能就這樣把她交給警官……」

「唔……？」

維多利加哼了一聲，以輕視的眼光看著一彌。

「為、為什麼用這種眼神看我？」

「也就是說，你是因為善意所以保持沉默？」

「呃，唔，應該……可以這麼說吧。」

「善意可是知性的墓場——這是我一貫的主張。久城，你正是其中的極致。」

「……妳這是什麼意思！我從來沒有被人這麼侮辱過！」

一彌又生氣了，而且還有點臉紅。

維多利加似乎欲言又止。

她突然挺起靠著扶手的身體，站起身來。

生氣的一彌也跟著站起來。

他發現維多利加那一對好像活得太久而感到不耐煩的哀傷老人眼眸，以及看起來比實際年齡還小的臉，竟然位在相當下面的地方。她的頭只到身材不高的一彌胸腹之間。

一彌這才發現這是第一次看到維多利加站起來。

身體比她坐著時所想像的還要來得嬌小，看起來簡直像是精巧的昂貴陶瓷娃娃。原先的怒氣好像遭到吸收，突然就消失無蹤。一彌只是驚訝地盯著維多利加小巧的模樣。

接著眼神落在散落各處，極其難懂的書堆上。

能夠以驚人速度跳躍閱讀這些書，以老太婆的沙啞聲音訴說「智慧之泉」，立刻解開怪異的事件……這樣的聰明才智，竟然裝在小巧精緻有如洋娃娃的身體裡……

這真是一件不可思議的事。

這名少女究竟是何方神聖……？

突然又想起古雷溫·德·布洛瓦警官明明依賴這位少女的頭腦，卻對她的存在極其恐懼，從來不肯正眼看她的態度。

還有他說過的神祕話語……

（該死的灰狼……！）

那句話以及恐懼到顫抖的聲音，究竟是怎麼回事？

——維多利加究竟是什麼人？

一彌想起這幾天在村裡以及校園發生的怪異事件。的確每一件都是不可思議的神祕之謎，可是……

一彌突然發現，維多利加比起任何一件不解之謎都來得神祕。

他盯著不可思議的少女以蕾絲與緞帶撐起的小小身影。

維多利加完全沒有注意到一彌的模樣，嬌小的身體開始步下迷宮樓梯。隨著她的移動，洋裝背上的粉紅色絲絨大蝴蝶結有如小鳥飛翔般展開翅膀，輕盈夢幻地飛舞。裝飾洋裝裙裾的白色鏤空蕾絲，隨著她的動作像是引人追逐地飄蕩遠去。

一彌急忙追上輕盈飛翔，有如白、粉紅緞帶與蕾絲交織的小鳥——維多利加。

「妳要去哪裡？」

與外表毫不搭調，老太婆的沙啞聲音在遠處響起：

「去拯救你煩惱的靈魂。書！書！書！以及不祥的留學生！總之先幫你找到那本書。好好地感激我吧！」

「可是為什麼要走下樓梯？還有，妳怎麼會知道書在哪裡？妳一直都在圖書館的最上方抽菸斗，根本什麼都沒看到不是嗎……喂，小心一點。要是腳滑就慘了……」

一彌往迷宮樓梯的下方俯視，不禁臉色發青。數不盡的樓梯有如無底深淵直通樓下。細窄的迷宮樓梯彷彿惡夢般一段接著一段不斷往下延伸。萬一不小心腳滑可就一命嗚呼了。

毫不理會一彌的擔心，維多利加以好似浮在地上的不可思議走路方式，輕飄飄地走下樓梯。一邊下樓還一邊以唱歌似的聲調說道：

「告訴你，那個不祥的留學生呢，是為了某個理由來到這個圖書館。而這個理由呢，並不是為了找你。」

「……這話怎麼說？」

「告訴你，看看四周就該知道了。圖書館裡有什麼東西？人們到圖書館來做什麼？」

「圖書館裡面有……書？那麼來圖書館……為了看書？」

一彌在心中還加了一句：「說不定是為了來看妳……」

——兩人終於走下迷宮樓梯，站在最下方的大廳，仰望這個角柱狀建築物。

整面牆上都是書，除了大理石地板和天花板的壁畫，所有的牆壁都堆滿了書。令人目眩神迷的書籍殿堂。散發知性與過去與塵埃的氣味。

維多利加喃喃說道：

「那個少女是為了『把樹藏在森林裡』，所以來到這裡。」

「……啊！」

一彌不禁大叫。維多利加以正合我意的滿意表情點頭：

「沒錯。少女從墓室地板上撿起書時，八成已經發現被你看到了。而且也有被其他人看到的可能性，所以才會急忙把那個……『想找的東西』，也就是紫書藏起來。想要藏書，圖書館最適合了。因為整面牆都是書，要在這裡找到少女藏的書可以說是困難之至。」

「原來如此……！」

「你想知道那名不祥的留學生的祕密吧？想知道她藏起來的書究竟是什麼。」

「我當然很在意……不過根本不可能。因為我又沒看到艾薇兒把書藏在哪裡……」

維多利加的頭歪得好像快要斷掉，抬頭仰視一彌。

看似老太婆的眼眸不是看著站在眼前的一彌。她的眼睛因為好奇心以及解開謎題的快感，有如寶石般閃閃發光。瞬間得以從無聊至極的人生解放，因為活著的喜悅而跳舞。

剛才還像洋娃娃一動也不動的身體、冰冷澄靜有如沉在倦怠與傲慢的海洋之中的表情，生動活潑有如變成另外一個人。

一彌突然有種好像輕輕碰觸這個以謎團為糧食，擁有敏銳又怪異頭腦的少女本質——漫長的倦怠與深切的絕望，以及某種藏在深處閃閃發亮的東西——的感覺。

但是也覺得不能讓她發現自己注意到這一點。因為這一定是這位不可思議，有如古代小鳥的金色少女最重要的祕密……

一彌沉默看著不可思議的少女。

「書、書、書、嗎……！」

喃喃自語的維多利加突然一個翻身。一彌急忙追上她。

維多利加的小腳踏上迷宮樓梯的第一階。

「一！」

有如老太婆的沙啞聲音放聲大叫，轉身回頭向一彌招手，腳步踏上第二階：

「二！」

繼續大叫。

「……妳在做什麼啊？」

不理會困惑的一彌，維多利加繼續往上走。

「三！」

「四！」

「五！」

不斷大叫。

一彌心裡覺得詫異，依然跟在後頭。

維多利加大聲算數，慢慢爬上樓梯。

「十一！」

「十二！」

「十……三!?」

回頭的眼眸炯炯有神，有如綠色火焰。

一彌從未看過如此熾熱的火焰。閃亮得好像會將人燙傷，卻又冰冷的綠色火焰——

維多利加以閃亮的眼眸詢問一彌：

「我問你，在樓梯的第十三階停下腳步會引起不祥之事對吧？會被拖到陰間吧？」

「是啊，的確是有這樣的怪談……」

「這個學園的學生都很迷信，迷信到簡直就像整個學園串通好了一樣，就像是所有的人都喜歡的誇張惡作劇一樣。對於像是你或是那個留學生這樣，某一天來到這個學園的外國人來說，一定覺得很怪異吧？」

「嗯，的確如此……」

「也就是說，應該沒有學生會在這個學園裡的十三階樓梯停下腳步吧？」

「嗯，正是如此。」

「那個留學生也是這麼想。如果把書藏在廣大圖書館的其他書架裡，還是可能會在偶然之中被人發現。可是在站在十三階樓梯，一般人視線高度的書架絕對安全。也就是說……」

維多利加一臉得意的表情，把孩子般的小手輕輕伸向書架。

手上握住那本紫色書背的不祥之書，從書架裡慢慢抽出來。

「『紫書』就是經由少女的手，藏在第十三階的書架。告訴你，這是『智慧之泉』這麼告訴我的……」

一彌目瞪口呆，交互看著維多利加與她手上的紫書。

然後像是好不容易擠出聲音一般喃喃說道：

「原來如此。」

維多利加點點頭，突然露出小孩受到讚美時的天真笑容。一彌對於她的變化感到十分意外，但是現在沒空想這些事。

書！書！書！

於是……

兩人把臉湊在一起，急忙翻開「紫書」第一頁。

掉落在八年前殺人事件現場的書。被曾經說過自己是為了尋找某個東西才從英國來到這裡的怪異留學生——艾薇兒找到之後，藏在圖書館裡的書。與艾薇兒同樣帶著不祥的陰暗，那本泛黑的紫書——

事後一彌曾經懷疑，如果沒有找到這本書，是不是就不會發生之後的事。安靜的灰狼維多利加因為這本不祥之書，再次和一彌一起捲入新的事件。但是，那又是別的故事了——

第三章

廢棄倉庫裡有米莉・馬露的幽靈

1

暖洋洋的春日午後。

聖瑪格麗特大圖書館——

從十七世紀開始不斷建設的莊嚴高塔，內部有整面牆化為巨大書櫃的挑高大廳，還有細窄的迷宮樓梯朝著天花板綿延而上……

安靜座落在西歐小國蘇瓦爾山間，專為貴族子弟設立的名校聖瑪格麗特學園，位於校園最深處的高塔，在這數百年以來，塵埃以及知性的氣味從遙遠上方的天花板往地板靜靜沉澱，充滿不可冒瀆的靜謐氣息。

帶著冷冽溼氣，大地覆蓋殘存冬季氣息的那個春日午後。

圖書館塔入口的大廳卻很難得地響起少年與少女的說話聲。

「『紫書』就是經由少女的手，藏在第十三階的書架。告訴你，這是『智慧之泉』這麼告訴我的……」

「原來如此。」

「你看，就是這個。」

「哇啊！真的耶！的確是我見過的那本書，維多利加。真的給妳找到了!?妳真是太厲害了

——雖然很怪。」

——叩！

低沉的聲音響起。

……剛才以老太婆的沙啞聲音說話的嬌小少女從木製樓梯上慢慢走下。她的外表令人想到精緻陶瓷娃娃——美麗的金色長髮，就像解開的天鵝絨頭巾垂落在背上。綠色眼眸詭異地眨啊眨的。看起來像是受到機械控制的小巧人偶肢體，被白色鏤空蕾絲與粉紅絲絨緞帶層層疊疊撐起，包裹在夢幻的奢華洋裝裡。

單手拿著紫色封面的舊書。

接著淚眼朦朧摸著頭走下樓梯的人，是一名身材不高的東方少年。看起來相當溫和的黑色眼眸，搭配閉得緊緊，有些頑固的嘴唇。看來似乎是被少女——維多利加用書角打了一下，嘴裡碎碎唸個不停⋯

「好痛……喂，我說很痛耶！」

「……哼。」

維多利加對於少年——久城一彌的抱怨，目中無人地以鼻子哼了一聲。

「……妳也稍微在意一點吧！」

「完全不在意。好了，我要看了。」

維多利加打開書，注意到陰暗的大廳不適合看書，不禁皺起眉頭。

一彌在旁邊唸唸有詞：

「這是我第一次被女生打。身為帝國軍人的三男，我要向妳提出嚴正的抗議。婦女須退三步之後，烈女不事二夫……咦，好像不對。呃……應該怎麼說才對……」

「閉嘴。」

「……對、對不起。」

一彌低下頭，完全放棄抗議。他和嬌小卻恐怖的維多利加一起打開圖書館的門，坐在外頭明亮的石階上。

或許是低頭時已經不再生氣，一彌臉上露出率直的笑容：

「好了，來看書吧。維多利加。」

「……唔。」

維多利加雖然一臉不滿，還是勉強翻開紫書。

「……唔、唔。」

維多利加以驚人的速度不斷翻頁。

一彌想要在翻書時順便看一下，於是把頭湊到維多利加旁邊，窺伺書中內容。

可是維多利加不高興地板起臉——因為一彌的頭害得書上出現影子，變得看不清楚。

可是一彌完全沉迷在書裡，一點都沒有注意到維多利加小小的側臉浮現的危險信號。

——紫書的內容是關於「咒術」。其中仔細敘述流浪民族吉普賽人從中世紀開始使用的「死者復活法術」。一彌忍不住讀了起來：

「鴿子心臟二十個。貓頭鷹眼珠七個。還有人類的小孩鮮血三德拉克馬……德拉克馬有多重啊？不過這本書還真是危言聳聽……好痛!?」

一彌按著頭呻吟。

維多利加突然拿起書對著一彌的頭砸去，發出驚人的聲響。瞄了一眼按住頭叫個不停的一彌，維多利加哼了一聲。然後背對一彌開始獨自閱讀。

一彌起身叫道：

「……妳是怎麼樣!?從剛才開始就和我的頭有仇嗎!?」

維多利加冷冷說道：

「我只是沒想到你的頭部會對我的閱讀造成干擾。」

「干擾!?什麼意思?妳難道不想和別人一起和樂融融地看書嗎?」

抬起頭的維多利加臉上浮現極為不可思議的表情，仰望一彌。然後張開小巧紅潤有如草莓的嘴唇：

「……沒想過啊？」

「……我想也是。」

嘔氣的一彌坐在地上。

就在此時……

從紫書裡面飄落一張紙。

是一張明信片。上面畫著看似地中海某個城鎮的風景。正面收件人寫著艾薇兒・布萊德利的名字。而寄件人的名字是布萊德利爵士……

「那是艾薇兒的祖父。他是有名的英國冒險家。最後和熱氣球一起消失在大西洋……」

一彌邊摸著頭邊說，可是維多利加指著明信片：

「……雖然貼著郵票，但是沒蓋郵戳。」

一彌偏著頭：

「真的耶……也就是說，這封來自爺爺的信，還沒有送到艾薇兒手上囉？就這麼夾在書裡，一直躺在墓室的地板上？」

「誰知道。」

維多利加突然站起。把紫書隨手放在一彌腳上，一言不發快步往前走。小手用力打開圖書

館的大門，回到大廳——手裡還握著明信片。

「……維多利加？」

沒有回答。

「喂，妳怎麼了？這本書妳不看了？」

——啪咚！

門關上。

一彌對於維多利加莫名奇妙的行動，不由得感到生氣‥

「妳啊，維多利加……妳，咦？」

跟在她身後打開圖書館的門，回到大廳的一彌正想抱怨幾句，卻驚訝地環顧四周。

「維多利加……？消失了？」

由荷葉邊與蕾絲撐起的不可思議少女，已經煙消雲散失去蹤影。

一彌接著仰望漫長的迷宮樓梯。

……樓梯上沒人。大廳深處有電梯，但是那是教職員專用，所以也不可能在那裡。

「喂！怪異、聰明、小不隆咚、壞心眼的維多利加……？」

沒有回應。

一彌有所不甘地站在原地，最後還是選擇放棄，低著頭慢慢離開圖書館……

2

「維多利加到底是怎麼回事。又敲人家的頭，又說討人厭的話，突然丟下書就消失……真是個怪人。我真是搞不懂她……我從來沒有遇過這種女孩……不對，就連聽都沒聽過。」

煩惱的一彌口中唸唸有詞，把紫書夾在腋下往前走。

好不容易才和圖書館最上方的怪異少女維多利加的交情變好……卻有種手中小鳥再度飛走，彷彿失去她的感覺。好像是悔恨，好像是寂寞，好像是焦急……

一彌想起進入圖書館時，從遙遠上方飄下來的東西。維多利加發現一彌打了噴嚏，就從上面丟下一張衛生紙。

「……我還以為我們的交情不錯。」

一彌的肩膀無力塌下，喃喃自語。

——回宿舍之前，走在校園裡平常沒走過的陌生碎石路上，突然注意到什麼的一彌在一棟破舊廢屋前停下腳步。

那裡原本是倉庫，但是現在已經變成毫無用途，也沒有人會接近的地方。看起來隨時都會朽壞崩塌的詭異倉庫……

看了好一會兒，格外冰冷的風「咻咻……」吹過。暖和的陽光突然變暗。抬頭一看，太陽被飄來的烏雲覆蓋。又一陣風「咻咻……」吹過。

一彌在好奇心的驅使之下接近倉庫。稍微窺探一下，裡面堆滿老舊的桌椅、污穢的鏡子等物品。

一步、兩步……

——叩！

什麼東西從後面打中他的頭。感覺起來像是硬梆梆的東西。遠遠超越剛才小女孩用書打中的強烈衝擊，讓一彌眼前一片白……

然後就這麼當場倒下……

3

……張開眼睛，發現自己躺在保健室的床上。可以看到有名女性在自己的頭上冷敷。

原來是塞西爾老師。

注意到一彌已經恢復意識，塞西爾老師一臉拿他沒辦法的模樣：

「久城同學真是的，怎麼會在倉庫打瞌睡呢？」

「咦，沒有，我不是打瞌睡，那個……」

一彌抱著頭坐起來。

（是有人從後面敲我……不過是誰，為什麼要這麼做？啊，難不成……是為了拿回紫書的艾薇兒幹的……？）

環視四周沒有看到紫書的影子，一彌急忙說道：

「老師，我被搬過來的時候，有沒有拿著一本紫色封面的書？」

塞西爾老師偏著頭。

「紫色的書？沒看到喔。」

「這樣嗎……那在我倒臥的地方附近，有沒有看到艾薇兒……」

「唉呀，別說有沒有看到，發現久城同學倒在地上的人，正是艾薇兒同學。她急忙找來園丁，把你搬到這裡來。」

一彌陷入沉思。

（如果是艾薇兒救我的，那麼打我的人應該不是她吧……？）

就在一彌正在煩惱之時，保健室的門緩緩朝走廊方向打開。

可以看到抓著門把的蒼白手掌。

「久城同學……」

艾薇兒緩緩露面。

「你、沒事、吧……？」

一彌與艾薇兒眼神相接。一彌不知為何感到一陣毛骨悚然的寒氣，連忙往後靠。

艾薇兒以不知在想什麼的成熟表情瞪著這邊……

「討厭，久城同學真是的。怎麼會在那種地方打瞌睡呢？是念書念到睡眠不足嗎？真是受不了啊！」

突然變回平常開朗的艾薇兒。

一彌因為她的變化感到疑惑，默默不語。

（懷疑她果然很奇怪……可是那本紫書既然是艾薇兒找到，又是她把書藏起來，的確可能襲擊我……不對，一定是我想太多了。她絕對不可能做出這種事……）

儘管一彌的心中充滿疑惑，艾薇兒還是露出毫不知情的開朗笑容：

「對了，久城同學倒地的那個倉庫，在學園學生裡也是有名的地點呢！你知道嗎？」

「……不知道。」

「就是會出現病死的女學生……」

艾薇兒的話才說到一半，塞西爾老師突然大叫一聲：

「哇！」

然後就說了幾句：「呃，我必須要回去出考題了。」、「對了，得去幫植栽澆水才行！」之後便衝出保健室。

門砰一聲關上，啪噠啪噠奔跑的腳步聲逐漸遠去。

一彌和艾薇兒都愣住了，不過先回過神來的艾薇兒繼續說道：

「……女學生幽靈喔。據說倉庫深處有個樓梯，是通往陰間的出入口。如果看到有人招手就跟著他走下樓梯，可是會死的喔。」

一彌皺起眉頭：

「……那個女學生該不會是指米莉·馬露吧？」

「應該是吧。不過把死人的事，半開玩笑地傳成這種傳聞，不是很不好的行為嗎？我最討厭鬼故事了。」

艾薇兒以嚴肅的表情如此說道。

她的側臉有著一彌先前曾經感受，和十五歲很不相襯的大人模樣。一彌覺得怪異，開始懷疑艾薇兒是否真的和自己同年。

一彌打算下床，於是艾薇兒便伸手幫忙。她一邊扶著一彌，一邊繼續說下去：

「還有啊，聽說圖書館也有怪談喔！」
「……圖書館？」
大吃一驚的一彌忍不住重複一次。
「對啊。他們說〈圖書館最上方住著金色妖精〉。那是對世界所有奧祕無所不知的妖精。可是妖精會要求那個人的靈魂作為報酬……既然這樣，與其說是妖精，聽起來還比較接近惡魔之類吧？」
歪著頭的一彌說道：
「圖書館最上方沒有妖精也沒有惡魔，只有維多利加啊。」
艾薇兒反問：
「維多利加……？」
「嗯。我們班上不是有個窗邊的空位嗎？坐那個位子的學生就是維多利加。她老是翹課待在圖書館裡面。所以在圖書館最上方的不是金色妖精，而是金髮女孩。她所要求的回報不是靈魂，而是珍奇的異國點心。」
「嗯……？」
眼眸發光的艾薇兒似乎很有興趣，不斷點頭。

與艾薇兒道別之後走在走廊上，正好另一端走來一顆金色尖銳的腦袋。那是古雷溫・德・布洛瓦警官。

身邊還帶著頭戴兔皮獵帽，手牽著手的兩個部下。他一看到一彌，就擺出瀟灑的姿勢：

「喲，是久城同學啊！你、那個、沒看到吧……」

「沒看到什麼？」

「弄丟一個東西。不，還是算了……」

布洛瓦警官似乎欲言又止，最後還是選擇放棄。不過他又說起別件事：

「唉呀，我可是很忙的。〈騎士木乃伊事件〉才剛解決，又要為了別的事件奔走。你知道名叫奎亞那的男人吧？」

「……不，從來沒聽過。」

「奎亞那是橫行歐洲的知名大盜，但是沒有人見過他，也不知道他的長相和本名。他在這七、八年裡一直潛伏不動。恐怕已經金盆洗手，在某處過著優雅的退休生活了吧？但也有人說會不會是遇到意外，或是發生什麼事而身亡……」

布洛瓦警官滔滔不絕繼續說下去。

「可是呢，久城同學，最近在蘇瓦爾首都蘇瓦倫，出現自稱『第二代奎亞那』的大盜，也引發了一些騷動。聽說相當年輕。而且依照蘇瓦倫警政署送來的消息，有情報指出第二代奎亞那正打算前來這個村子。還有人看見他搭上火車。雖然不知道其中的詳情……不過久城同學，你認為這樣的大盜是為了什麼來到這個什麼都沒有的村子呢？村裡除了葡萄園、蘋果園之外，就只有這個神祕的聖瑪格麗特學園……」

布洛瓦警官歪著頭。

「真是完全搞不懂……」

「我也不知道。對了，如果是維多利加，只要告訴她這件事，或許會有什麼靈感……」

警官故意裝作沒聽到。

一彌看著警官的側臉，開始思考這位特立獨行的貴族警官，與圖書館上方那個豈有此理的怪異少女之間，究竟是什麼關係。

——布洛瓦警官負責偵辦與一彌有關的第一個事件〈機車斬首事件〉以及第二個事件〈騎士木乃伊事件〉，都是利用維多利加的力量才能精采解決。布洛瓦警官知道維多利加出沒的地點，也知道她的聰明才智，明明想要借用她的力量，卻絕對不會主動找維多利加說話。

不過維多利加也不把布洛瓦警官看在眼裡，總是頤指氣使……

這兩人究竟是什麼關係呢？為什麼他們的交情這麼差？

——警官像是突然想到什麼：

「對了，久城同學。上次那件〈騎士木乃伊事件〉的犯人是米莉．馬露。你的導師，就是叫塞西爾的女老師，以前也是這個學園的學生。」

「喔……」

「聽好了，塞西爾在八年前還是學生。你懂嗎?塞西爾是死掉的米莉．馬露的同學。」

一彌驚訝地睜大眼睛。

塞西爾老師在進入墓室的時候，發現屍體的時候，完全沒有提到這件事……

「我正好遇到她從保健室裡出來。當我告訴她米莉．馬露是犯人時，她似乎相當震驚。」

布洛瓦警官指著校舍後面的花壇：

「然後她就踉踉蹌蹌走到那邊。好像在哭呢。」

布洛瓦警官說完之後，就帶著兩個部下沿著走廊走開……

4

一彌雖然不知道如何是好，還是往校舍後面的花壇走去。

在花壇附近找到無精打采的塞西爾老師。蹲在地上的老師一邊用隨手撿來的小樹枝劃過地面，一邊嘆氣。

一彌雖然不知如何是好，但是在出聲詢問之前，目光先被老師夾在腋下的書給吸引。

那是——一彌弄丟的那本紫書。

「塞西爾老師，那本書……！」

塞西爾老師看到一彌，站起身來。

「為什麼您會有那本書呢？」

塞西爾老師眨眨眼睛：

「咦，這個……？它剛才被丟在花壇後面。這麼說來，這是你的書囉？」

「呃，是啊……」

「怎麼可以把書隨便亂丟呢！不過這是什麼書啊？」

實在說不出是死者復活的書，伸手接下的一彌有口難言。

（被丟在花壇後面……？怎麼回事？艾薇兒藏起這本書，我在找到它之後被人襲擊，失去意識。可是這本關鍵的書為什麼會被丟在花壇……？）

接著又想起興致勃勃看書，卻突然失去興趣掉頭就走的維多利加。

（究竟是怎麼回事……？）

一彌開始想東想西。看到他煩惱的模樣，塞西爾老師不禁為之一愣。

一彌重新整理思緒，向老師發問：

「對了，老師。剛才我聽布洛瓦警官說……」

「嗯，什麼事？」

「呃——他說死掉的米莉．馬露和塞西爾老師曾經是同學。」

塞西爾老師以驚訝的眼神看著一彌：

「……是啊，的確沒錯。」

「妳們的感情很好嗎？」

「是啊。所以我才會這麼震驚……」

塞西爾老師的臉上蒙上陰影。

——一彌和塞西爾老師不知何時離開校舍後面的花壇，慢慢走在寬廣的校園庭園。

塞西爾老師皺著眉說道：

「說真的，我實在不想自己一個人去墓室。因為那裡是米莉長眠之處，只要想到就很傷心，所以才會找久城同學和艾薇兒同學幫忙。」

「是這樣啊……」

「可是我這麼做，卻發生那樣的事……我實在沒想到米莉會殺人……」

一彌發現自己和塞西爾老師已經走到剛才自己受到襲擊昏倒的倉庫附近。

他指著倉庫：

「我就是倒在那裡。」

聽到他這麼說，塞西爾老師以受不了的表情說道：

「久城同學真是的，竟然會在這種地方睡著？怎麼又做出這種事呢？」

「不是，我並不是睡著……」

一彌輕手輕腳接近倉庫。

「按照艾薇兒的說法，學生不會接近這裡。因為據說有死去的女學生——米莉・馬露的幽靈，或是會被帶到陰間之類的怪談。」

「唉呀！」

塞西爾老師雖然無法認同這樣的傳言，還有點害怕，因此她的雙手用力抓住一彌的手臂，探頭窺探倉庫內部。

倉庫裡到處都是灰塵，老舊的桌椅往上疊，昏暗的倉庫深處還可以看到一座似乎是通往地下室的螺旋樓梯。從門口射入的陽光，照在飛舞的塵埃上面，閃爍白色的光點。

就在這時……

〈嗚、嗚——！〉

倉庫深處……不對，是從地下室隱約傳來像是呻吟的聲音……

兩人面面相覷。

豎起耳朵仔細聽，卻再也聽不見。

「老師，剛才好像有聽到人的聲音……」

一彌回頭看到塞西爾老師的臉，又被嚇了一跳。

大大圓眼鏡下面，眼尾下垂有如幼犬的眼眸竟然含著眼淚，肩膀也是抖個不停。

然後……

「好恐怖！」

「……咦？」

「好恐怖！久城同學，我生氣了！」

「我、我？為什麼？」

「因為好恐怖！」

看樣子塞西爾老師的膽子似乎很小。這麼說來，剛才艾薇兒在保健室提到幽靈的時候，她也是說了一堆藉口之後逃走……

塞西爾老師平時溫柔教師的模樣消失無蹤……她用食指指著一彌，強迫他先行進入倉庫。

咻……！

一股特別冷冽的風吹來，輕撫兩人的臉頰。

——喀啦！

從空無一物的地方傳來巨大聲響。膽戰心驚的塞西爾老師牢牢靠著一彌的背：

「有什麼要說喔？老師把眼鏡拿下來了！所以什麼都看不到！不管是幽靈還是什麼，全部都看不到！」

回頭一看，老師真的已經拿下眼鏡，以呆滯的眼神看著一彌。看起來比戴著眼鏡時還大的褐色眼眸，顯得很擔心不安。

她被地上的木箱絆倒，像小孩子般發出哀號。一彌實在受不了了：

「老師，請妳戴上眼鏡。太危險了。」

「……啐！」

塞西爾老師戴上眼鏡。

就在這時……

〈救、命、啊……〉

低沉的聲音響起。

互望的兩人搖頭告訴對方，那不是自己的聲音。

〈救命、啊……！〉

那是少女的聲音。

兩人回頭只見陰暗的倉庫深處，浮現蒼白少女的上半身——金色短髮，藍色眼眸。水汪汪的眼眸，挺直的鼻樑，外貌相當可愛，但是肌膚十分蒼白，臉頰也凹陷下去。

塞西爾老師大叫：

「出——現——了——!?」

可是在一個怪異的聲音之後，少女的身影消失無蹤。

塞西爾老師再次大叫：

「消——失——了——!?」

然後她以顫抖的雙手拔下眼鏡，以堅決的態度交給一彌：

「這麼一來我就看不到了！」

一面大叫一面拚命抓住一彌的手臂，跌跌撞撞衝出倉庫。

「不要啊！」

「老、老師……!?」

塞西爾老師一邊尖叫一邊奔跑逃走，但是步伐很小，一彌只要稍微快步便能輕易追上。

「老師，眼鏡、眼鏡……！」

直到距離倉庫相當遙遠的距離，塞西爾老師終於停下腳步，從一彌手裡接下眼鏡，以雙手重新戴上，然後以堅決的語氣說道：

「……久城同學，絕對不准告訴別的學生。你敢說就給你紅字喔？」

「我才不會說！而且我也不會有紅字。倒是老師……剛才那是什麼啊？」

塞西爾老師用力閉上眼睛——

「幽、幽、幽靈。」

「……老師，根本沒有所謂的幽靈。」

「可是那不是米莉・馬露。」

「……咦？」

塞西爾老師睜開褐色眼眸。

「雖然是幽靈，卻是其他少女的幽靈。她的長相和米莉不一樣。而且是身為學園教師的我，從來沒見過的少女。」

兩人以發愣的表情對望：

「……究竟是誰的幽靈呢？」

帶有涼意的風從呆站在原地的兩人之間吹過——

5

——就在這時。

聖瑪格麗特大圖書館。

「這種地方竟然會有女孩子……？」

沉澱塵埃與知性的氣息，不可思議的角柱狀高塔。艾薇兒佇立在大廳裡，張開嘴仰望遙遠的高處。

「這種地方不是女孩子該待的地方，說是老頭還差不多。或是……幽靈。」

然後嘲笑自己說的話：

「對幽靈來說倒是很舒服的地方。米莉．馬露的幽靈實在不該出現在舊倉庫，出現在這裡不是很好嗎？」

不知為何仰頭大笑。

突然露出正經的表情，開始跑上呈迷宮狀不斷向上延伸的細窄木梯。

噠、噠、噠、噠、噠……！

與陰暗高塔不搭調的輕快腳步聲響起。

隨著木製樓梯搖晃，覆蓋整面牆壁的巨大書架也開始輕輕顫抖……

——過了大約十分鐘。

「呼、呼、呼、呼……！」

剛開始還能夠精神奕奕往上跑的艾薇兒，被太過漫長，讓人以為無限綿延的迷宮樓梯搞得精疲力盡，最後的幾階還用手扶住膝蓋，拚命喘氣才能連滾帶爬來到最高處。

「這、這麼、高的樓梯、久城同學竟然、爬得上來……真搞不懂他在想什麼……呼！」

艾薇兒稍微往下望。

可以看到遙遠下方一樓大廳的地板，高得讓人頭昏眼花。迷宮樓梯有如糾纏在一起的怪異生物，從地板向外延伸，試著以目光追尋，最後連到自己腳邊的樓梯。

艾薇兒突然一陣心驚，有一股迷宮樓梯隨時都會捉住自己的錯覺……

「……這裡感覺滿討厭的。」

艾薇兒口中唸唸有詞，快步踏上最高處的白色地板。

然後「啊！」了一聲。

在那裡……

有一座植物園。

綠意盎然的溫室裡，南國樹木與豔麗花朵恣意綻放。太陽從四方形天窗悄然窺探。

艾薇兒環視四周——

「可是沒有人……」

不知不覺放大音量。

「根本沒有半個人嘛……？」

不管艾薇兒巡視幾次，四周都是空無一人。

植物園與樓梯之間有個大小與小房間差不多的陰暗空間，散落著看似古董的檯燈、困難的書籍，以及老舊的陶製菸斗。

艾薇兒皺著眉頭觀察。

上面蒙著灰塵。這個地方很陰暗，好似經過漫長時光與寂靜的沉積，可以看到地板上有一層白色的塵埃。

「根本沒人啊！」

艾薇兒再度喃喃自語。

「如果真的有，應該是鬼吧。喂！幽靈！」

忍住害怕，故意高聲嚷嚷。

不停四處張望，一步一步往前走。就在接近植物園的入口附近……

「咦……!?」

艾薇兒瞬間發出真的被嚇到的短促叫聲。

緊繃的表情慢慢變成安心的笑容。

那是——以自然的站姿放在那裡的豪華陶瓷娃娃。

……有種寂寞的感覺。

雖然比等身大來得小一號，但就陶瓷娃娃來說，卻有沉甸甸的重量感。身穿高布林織錦的奢華洋裝，垂著金色長髮的頭上，戴著針織的蕾絲小圓帽。

眼睛睜得大大的，一動也不動。

艾薇兒突然堆起滿臉笑容，伸手把陶瓷娃娃輕輕舉起，然後用力抱緊。

凝視一根一根睫毛都裝得很仔細的精巧陶瓷娃娃臉龐——

「唉呀，真是可愛！」

不知道已經放在那裡多久。艾薇兒注意到奢華的衣裝與帽子都蒙著灰塵，於是讓它坐在地上，仔細拍掉灰塵。

不由得自言自語：

「這是很昂貴的陶瓷娃娃啊。說不定是……」

艾薇兒的側臉突然變了一個表情。和一彌與塞西爾老師面前的開朗少女完全不同，冷冽而成熟的臉。

「上個世紀德國的天才人偶師葛芬庭的作品……上面有簽名。」

把娃娃長長的金髮輕輕攏起，確認脖子後方有花體字〈G〉的簽名，滿意地點點頭。

「據說人偶師葛芬庭和惡魔交易，成功把靈魂封印在人偶體內。得到邪惡靈魂，在夜裡走動的可怕陶瓷娃娃。他的作品可以賣到一筆可觀的金額啊……這真是不得了。雖然為了取得冒險家布萊德利爵士的祕密遺產來到深山裡頭，沒想到竟然會意外撿到好東西。『真不愧是第二代奎亞那』——這麼說算是自吹自擂吧。看樣子我應該能夠成為與第一代不相上下的大盜。好了，就把這位小姐……」

艾薇兒隨意拿起陶瓷娃娃，四處張望。正當她找到一個迷你衣箱，打算打開蓋子藏在裡面時，不知為何怎麼也打不開，最後只得悄悄藏在衣箱的後面。

「就這麼抱著陶瓷娃娃走出圖書館，可能會被其他人看到。我以為自己已經把那本紫書藏得很好了……一定有人在偷看我，立刻將我費盡千辛萬苦找到的布萊德利爵士遺產半路劫走。為了把它追回來，先把這個娃娃……對了，我拿個袋子來，藏在裡面帶走不就得了。反正一定沒有人會注意到丟在這裡，沾滿灰塵的娃娃被人拿走。這真是意想不到的收穫啊！」

心滿意足地點頭起身。

突然像是想起什麼皺起眉頭。面露不可思議的表情：

「等一下……這麼說來，我是從久城同學那裡聽到有關於這裡的事。他說這裡有個名叫維多利加的女孩。結果根本沒有看到這樣的女孩……」

艾薇兒四下張望。

老舊的菸斗。

難解書籍堆成的小山。

檯燈。

……一切就像百年以前就一直放在那裡一樣，看起來不太真實，飄蕩夢境般的寂靜。

艾薇兒盡力裝出開玩笑的模樣：

「唉呀，這位陶瓷娃娃小姐，難不成妳就是久城說的女孩的真面目？不會吧？」

陶瓷娃娃當然不會回答，只以不動的大眼睛空虛望著這裡。

「應該不會吧……」

沒有回答。

艾薇兒身體突然開始顫抖。

又像是突然想到什麼，喃喃自語：

「〈圖書館最上方住著金色妖精〉……」

回頭看向藏著金髮少女娃娃的衣箱，不禁毛骨悚然——

「〈妖精會要求靈魂作為報酬〉……」

似乎感覺到什麼，連連後退。

「上個世紀的人偶師葛芬庭製作，由惡魔封入靈魂的少女娃娃……！」

天窗吹入冰冷的風。

「難不成就是妳在戲弄久城同學，打算奪走他的靈魂……？」

蒼白的陶瓷娃娃嘴唇「啪——」的一聲，似乎發出聲音……動了起來……

艾薇兒發出短促的尖叫。

不斷後退，差點要從樓梯平台掉下去的艾薇兒，以與長相毫不搭調的粗魯模樣「啐！」了一聲：

「……不可能不可能。應該不可能這樣！」

接著她便以顫抖的聲音尖叫，連滾帶爬衝下迷宮樓梯……

6

就在這時，一彌正急著趕往圖書館。他在安撫嚇得半死的塞西爾老師之後，回到宿舍找出稀奇的點心，匆匆忙忙趕過來。

正要進入圖書館大廳時，和一個飛奔而出的人影撞個正著。

「嗚哇！」

衝出來的人是艾薇兒。不知為何上氣不接下氣的她發現來者是一彌：

「久、久城同學……！」

「艾薇兒，妳怎麼啦？」

「我、那個、在久城同學說的植物園裡……」

「妳爬到最上面去了？一定很累吧？然後……究竟怎麼了？」

艾薇兒一副欲言又止的表情——

「沒有。什麼事也沒有……」

搖搖頭之後匆忙離開圖書館。

「究竟怎麼了？」

歪著頭的一彌沒有追上艾薇兒，逕自走進圖書館。

圖書館一如往常，為重重的寂靜包圍，帶點塵埃的獨特氣氛與靜謐。

一彌以有些憂鬱的神情仰望綿延到天花板的迷宮樓梯，點個頭之後抬頭挺胸「喀、喀、喀、喀……」發出腳步聲往上爬。

即便如此，迷宮樓梯還是極為漫長。

一彌不斷往上爬。

繼續往上爬。

……還要往上爬。

不知道往上爬了多久，一彌有種被施了邪惡魔法，一直在相同地方繞圈的感覺。無意之間往下一看——高得令人頭昏眼花，差點腿軟走不動。

喀、喀、喀、喀……

——閃過！

視野上方突然有金色的小東西在動。一彌停住腳步，瞇起眼睛往上看。

「維多利加？」

「……你有帶點心吧？」

老太婆般沙啞的聲音從遙遠的上方響起。一彌面露受不了她的表情：

「帶來囉。這叫花林糖（註：以糖和麵粉拌在一起，切塊油炸的日本傳統點心）。稍微硬了一點，妳可別抱怨。」

「……哼。」

小小的頭轉回去。長長的金髮慢了一步，有如詭異的遠古生物尾巴慢慢跟在維多利加的後頭消失。

「剛才我和艾薇兒在門口擦身而過，她好像說了植物園如何如何。妳遇到她了嗎？」

「……」

總算爬到最上面的一彌，一面「呼──呼──」大口喘氣，一邊發問。維多利加好一會兒都裝作沒聽到的樣子。

「有嗎？」

「……不知道。」

百般不願地簡短回答。

「那就是沒遇到囉？真奇怪啊。」

維多利加拿起一彌帶來的花林糖，一臉嚴肅。上看下看，然後湊近小鼻子聞起味道。

「……有甜甜的味道耶！」

一彌瞄了維多利加一眼。看到她似乎露出中意的笑容，也高興地說：

「當然，這是點心啊。」

「可是模樣像狗屎。」

「……女孩子怎麼可以說什麼『屎』的。」

維多利加張開小嘴，一口咬住花林糖，然後皺起眉頭：

「好硬。」

「……妳好像不喜歡吃硬的東西。上次的雷粔籹妳也是說聲太硬就丟了。妳還真像老太婆……好痛!?」

維多利加的靴底踢中他的小腿，一彌差點痛昏過去，斜眼看了維多利加一眼。看到她似乎很喜歡花林糖，伸手拿了第二個，總算鬆口氣拍拍胸口。

「……好痛啊。對了，維多利加，我剛才又遇到布洛瓦警官。警官好像在找一個叫大盜奎亞那什麼的第二代，可是據說根本沒人知道那傢伙的模樣，也不知道真正名字。而且……」

一彌把先前發生的事情一口氣說完。

維多利加以若無其事的語氣回答：

「如果是奎亞那，我知道。」

一彌愣住：

「妳知道奎亞那的什麼?」

「長相和名字。」

「……」

「那個叫艾薇兒的傢伙，就是第二代奎亞那。她剛才還在這裡自吹自擂，那個樣子實在是蠢得可以……」

維多利加說完之後就像失去興趣，又把書放在腿上，以飛快的速度看書。啪拉啪啦、啪拉啪啦——不一會兒就看完一頁又一頁。

……掉落。

一彌拿在手裡的花林糖掉了。

維多利加抬起頭：

「……你是怎麼回事？像個笨蛋一樣嘴巴開開。蟲掉進去我可不管。」

「艾薇兒是奎亞那!?」

「我不是說了嗎？」

「……真的？」

「我何必騙你。」

裝作什麼都不知道的維多利加繼續看書，嘴裡還嚼著花林糖。

至於一彌則是……

「……怎麼會——!?」

「久城，吵死人了！」

維多利加生氣了。她以小手抓起花林糖往一彌丟去：

「你給我安靜一點！別妨礙我看書！」

「怎麼會——!?這是怎麼回事？」

「誰知道。」

維多利加裝作不知道，吞雲吐霧了好一會兒，終於看向一彌。臉上浮著得意的笑容：

「你想知道吧？」

「……知道什麼？」

「想知道我為了打發無聊，以『智慧之泉』玩弄這些混沌的碎片，將它們重新拼湊之後得到的事實。」

一彌的身體往前傾：

「妳是指解謎嗎？可是妳還知道什麼？」

「第一代奎亞那的真實身分。」

「咦？」

一彌愣住。

「難不成……是我認識的人？呃……是誰？是誰？」

維多利加睜大綠色眼眸，冷冽的火焰在她的眼中靜靜燃燒。大膽、哀傷、前所未見的詭異火焰——

「這個嘛……」

維多利加說出一個名字……

大盜奎亞那曾經存在於聖瑪格麗特學園。那位神祕留學生的真正身分，正是繼承大盜名號的第二代奎亞那。

她的目標是不可思議的紫書——書上寫的正是死者復活的不祥儀式——

不分青紅皂白捲入其中，來自東方的留學生久城一彌，與不知道是他的守護天使，還是意圖染指靈魂的惡魔……自由自在運用特異聰明才智的神祕少女維多利加。

維多利加與一彌與紫書有關的冒險，有了意外的結果，但是，那又是別的故事了——

第四章

圖書館最上方住著金色妖精

1

和煦的春日傍晚。

聖瑪格麗特大圖書館——

石砌外牆刻畫悠久的時光，在歐洲也是屈指可數的巨大書庫。打著鉚釘包覆皮革的推門內部，所有的牆壁都變成書架，唯有知性、時間與寂靜靜靜堆積的虔敬空間——

靜靜建於西歐小國蘇瓦爾王國山間，為了貴族子弟成立的名校——聖瑪格麗特學園校園深處，這座知識殿堂今天依然有如過去三百多年一般，保持奇蹟般的靜謐……

「什麼——!?馬克希姆是奎亞那——!?」

……應該是寂靜無聲的圖書館遙遠上方，在接近繪有莊嚴宗教畫的天花板附近，少年似乎因為太過驚訝而拉開嗓門大叫。少年的叫聲飄在漫長的寂靜裡，怪異的喧鬧聲橫越大廳，牆壁上面的數萬書籍有如緩緩睜開滿是皺紋的眼睛仰望天花板。

——有如巨大迷宮的狹窄木製樓梯從大廳蜿蜒而上。在接近天花板的遙遠上方，有個種滿南國植物與鮮豔花朵，綠意盎然的植物園。少年的聲音似乎就是從植物園的方向響起……

「……久城，你很吵耶！」

「這、這是怎麼回事？」

「我怎麼知道。」

有如老太婆一般沙啞，可是又相當響亮的詭異聲音也混雜在天真無邪的少年聲音裡。那個聲音似乎是對少年不理不睬。少年有好一會兒發出「啊——」、「唔……？」等呻吟，不過植物園終究恢復寂靜。

在那裡的人是身材不高，一臉溫和的東方少年。他抱著膝蓋坐在地上，眼前有個小巧精緻的洋娃娃。

大小接近等身大，身高大約一百四十公分的少女娃娃。身上穿著綴有大量白色縷空蕾絲與粉紅絲絨緞帶，奢華可是沉重的蓬鬆洋裝。美麗的金色長髮有如解開的天鵝絨頭巾垂落在地。雖然只能看到側臉，但是端整得可怕的小巧臉龐上，一雙閃著令人不由得倒吸一口氣的冷酷光芒，冷冽至極的綠色眼眸正在眨動。

洋娃娃的膝上放著厚重書籍。翻開的書在嬌小身軀的周圍放射線狀排列，有如符咒的圖案團團圍住她。

白皙小巧的手指湊近嘴邊，手上握著陶製菸斗，正在吞雲吐霧……

白色細煙緩緩往天窗上升……

「妳說第二代奎亞是艾薇兒，我也很訝異……只是第一代奎亞那為什麼是馬克希姆？」

面對一彌提出的問題，那個娃娃……不，是那個體態太過嬌小又太過美麗，冷若冰霜的態度彷彿洋娃娃的少女——維多利加雖然感到厭煩，還是回答他的問題：

「第一代奎亞那在七、八年前突然消失。馬克希姆每年春天都會回到學園，在八年前的春天遭到殺害。之後馬克希姆的屍體被發現，第二代的奎亞那也來了……這是偶然嗎？」

「可、可是……」

「馬克希姆……不，是第一代奎亞那之所以在每年春天回到學園，恐怕是想把到手的寶物藏在學園裡——就像海盜把寶物藏在洞窟裡。紫書也是其中之一。可是在他藏匿之前，便與紫書一起關在墓室裡面。不過這只是我的想像。」

維多利加如此說完，再度回到書堆，以驚人的速度閱讀書籍。翻頁、閱讀、翻頁、閱讀。不時還將菸斗湊近嘴邊，「呼、呼」抽菸。

一彌盯著她的身影。

突然「啪噠！」一聲，維多利加的書掉在地上。她睜著發愣的綠色雙眼，凝視虛空。

「妳、妳怎麼了？」

「……無聊啊！」

「啊？」

「再怎麼看書還是覺得無聊！你！我記得你是姓久城的愚蠢男人吧？做些讓我驚訝的事來瞧瞧！」

「誰、誰愚蠢了!?況且要說讓妳驚訝的事……」

「例如——」

一臉正經的維多利加湊近一彌。一彌有種不祥的預感，一點一點往後退。

「——把頭從兩腳中間伸出來微笑，用放在肚子上的棒子旋轉盤子之類的。」

「……這種事情我才做不到！」

「為什麼？你不是東方人嗎？」

「這、這是偏見！」

站起來的一彌真的生氣了。雖然對方是「西歐小巨人」蘇瓦爾的貴族，但是一彌身為帝國軍人的三男，面對如此侮辱還是決定抗議到底。只見他以嚴肅的表情說道：

「維多利加，妳……」

「……等一下。倉庫出現的幽靈對你和塞西爾說了什麼話吧？」

一彌一開口就碰個釘子，只得閉上嘴。

「呃……記得說了『救命啊』。」
「那可真是不得了。你去救她吧。」
「救幽靈？」
「你真是笨蛋。」
彌又生氣了。可是維多利加毫不在意，張開櫻桃小嘴：
「告訴你，倉庫裡的不是幽靈，是少女。你說是金色短髮藍眼珠？這下不得了……！」
「什、什麼不得了？」
「我問你，古雷溫還在學園裡嗎？如果還在，就和他一起去倉庫吧。雖然他的髮型很怪，還是握有警方權力。權力這種東西只不過是文明的排泄物，不過多少還是能派上用場。」
彌顯得不知所措。
「去是沒關係……可是我們去倉庫做什麼？」
維多利加張開小小的雙手，像是抗議般揮個不停。然後她以放棄的表情說道：
「你還沒搞清楚嗎？去救遭到囚禁的金色短髮藍眼珠少女啊。」
「……那是誰？」
「就是艾薇兒・布萊德利……算了，你去就對了。把頭從雙腳中間伸出來的把戲下回再做。好了，快去。」

——一彌完全摸不著頭緒，只能偏偏頭走下迷宮樓梯。

「……咦？」

剛剛才說到的艾薇兒正在急忙爬上迷宮樓梯。單手還提著一個看起來很輕的大型行李箱，裡面應該是空的。

「妳……」

聽到一彌的聲音，艾薇兒也抬起頭。

「怎麼了？那個行李箱是？」

「這是要放人偶師葛芬庭的作品……啊哇哇、不、沒事。我有急事……久、久城同學來這裡做什麼？」

一彌一面與艾薇兒在狹窄的木製樓梯驚險錯身，一面回答：

「我過來和維多利加聊天，因為她的命令而有點事……」

「……維多利加？」

艾薇兒一臉困惑目送一彌急忙走下樓梯的背影。

「久城同學——」

小聲喃喃自語：

「你的話是認真的嗎……？植物園裡根本沒有女孩子。那個娃娃……據說是人偶師與惡魔交易，將邪惡的靈魂封印在裡面。久城同學受到它的命令而行動？怎麼回事……？」

艾薇兒歪著頭提著空行李箱，繼續沿著迷宮樓梯往上爬。

2

一彌出了圖書館，在校園裡四處奔跑尋找布洛瓦警官。只要一遇上教師，便形容一次警官怪異的髮型——把金髮整理成像是尖銳的鑽子，前端還加以旋轉固定——有位教師說道：

「那個怪人往那個方向去了。」

一彌往他指示的方向跑去。

不久便找到布洛瓦警官。時間將近黃昏，眩目的夕陽照亮金色鑽子頭。一彌雖然不知道怎麼回事，還是向警官說明維多利加要他們去倉庫。布洛瓦警官表情嚴肅地說：

「我不認識你說的維什麼來著，不過我們還是過去看看再說。」

「警～～官～～！」

「久城同學，不要露出那麼嚇人的臉。」

布洛瓦警官匆忙走在一彌前頭，往倉庫的方向走去。

陰暗的倉庫裡面空氣潮濕。四周雜亂堆放覆蓋塵埃的桌椅、模糊不清的鏡子等雜物。警官一步一步戰戰兢兢往前走。

「久城同學，你說這裡的確有那個出現嗎？」

「是啊，米莉．馬露的幽靈。雖然只是傳聞。」

「你和那個名叫塞西爾的教師也看到了嗎？」

「……難不成你是在害怕？」

布洛瓦警官突然回頭，差點被鑽子頭刺中額頭的一彌急忙閃開。

「我才不怕！」

「……可是按照塞西爾老師的說法，我們看到的幽靈不是米莉——因為長相不一樣。」

「那麼又是誰？」

「這個我也不知道……只不過我向維多利加提到這件事，她說『就是艾薇兒．布萊德利』，然後要我『去救她』。可是究竟是什麼意思？因為艾薇兒明明活蹦亂跳，剛剛我才和她在圖書館的迷宮樓梯擦身而過……」

「唔……？」

一彌和布洛瓦警官大眼瞪小眼，同時不解地歪著頭。

「即便是我這個名警官，也是完全搞不懂。」

「我想也是。」

「……唔！」

互瞪的兩人繼續一步一步前進。

在倉庫深處……有人倒在地上。

布洛瓦警官叫了一聲，一彌急忙跑過去。發現那是年紀與自己相仿的女孩。

「妳——!?」

少女緊閉雙眼。

（她是剛才在這裡見到的「幽靈」！果然不是幽靈，而是活生生的女孩子……）

一彌扶起少女，看到她的臉，忍不住倒吸一口氣。

（好可愛的女孩子……！）

少女的長相端正，成熟的臉上有著高挺的鼻子。留著一頭短金髮。簡單的白洋裝底下伸出健康活潑的修長四肢，苗條的體態令人想到年輕牝鹿。但是肌膚、衣服都有點髒，手腳被人綑綁，嘴裡還塞著東西。

「妳、妳……！」

一彌急忙拿開塞住少女嘴巴的東西，解開綑綁手腳的繩索。往她的臉上看過去，少女突然睜開雙眼。

——有如夏日晴空，蔚藍、澄澈的眼眸。

看著那雙眼眸積滿眼淚，從眼角流下。少女伸手抱住一彌：

「救命啊！」

「……妳已經獲救了！沒事了。這裡還有警方的人。只不過妳……究竟是誰？為什麼會被囚禁在這裡？是誰對妳做出這種事？」

藍色大眼睛的少女——真正的艾薇兒・布萊德利，可愛的臉龐因恐懼而歪斜，大聲叫道：

「我是真正的艾薇兒・布萊德利——！」

一彌倒吸一口氣。

「妳是真的……？」

「沒錯……！」

「那另一個艾薇兒就是假的……」

一彌想起假的艾薇兒有時會有不對勁的感覺。雖然外表天真開朗，突然又會變了一個人似的露出冷漠表情。而且有時候還會覺得她的年齡好像比自己大。

看似天真開朗的模樣，應該是在模仿真正的艾薇兒……

那個假的艾薇兒——維多利加說過她是第二代奎亞那。

（等一下……這麼說來……）

一彌站起身來。

想起假的艾薇兒——第二代奎亞那正在那裡。

「圖書館！維、維多利加!?」

「……怎麼啦？」

把艾薇兒交給布洛瓦警官處理，一彌衝出倉庫。布洛瓦警官急忙大喊：

「久城同學？」

「第二代奎亞那去了圖書館。雖然不知道目的是什麼……但是維多利加在圖書館裡！那麼一個小女孩，單獨待在那裡……」

一彌沿著細石道加快腳步。

3

就在這個時候。

艾薇兒．布萊德利……不對，是身為第二代奎亞那的少女……

手提著空行李箱，沿著圖書館塔的迷宮樓梯往上爬。

「呼、呼、呼……！」

不斷往上再往上，距離最上方的植物園還很遠。

——好不容易爬上迷宮樓梯的少女奎亞那，倚著捲葉裝飾的扶手喘氣：

「娃、娃娃在哪裡……？」

四處尋找會走路的陶瓷娃娃。

剛才明明把不算大的少女娃娃藏在迷你衣箱後面，現在卻已經不見了。奎亞那注意到這點，忍不住倒吸口氣。

放下行李箱巡視四周。

尋找。

尋找娃娃。

尋找……

「……為、為什麼!?」

總算找到陶瓷娃娃，但是它卻蹲在植物園茂密的南國樹木樹蔭底下，彷彿是在隱藏自己的行蹤。只看到茂密的綠意隱約露出金色長髮。粗魯的奎亞那拉扯頭髮，抓住娃娃的身體。

「真是的，怎麼會跑到這裡來？是久城同學動的嗎？還是……娃娃為了躲我……」

奎亞那因為自己的話感到好笑。

打開行李箱，隨手將娃娃塞進去。

就在這時……

遙遠下方傳來大門猛然打開的聲音。奎亞那關上行李箱起身，越過扶手俯視一樓大廳。

正好看到久城一彌跑進來。奎亞那「啐！」了一聲，抓住行李箱衝下迷宮樓梯。

「……維多利加!?」

一彌一邊呼喊一邊衝上樓梯。抬頭往上看，正好看到巍巍顫顫往上延伸的迷宮樓梯上方，一個眼神銳利的少女正在往下衝。

冰冷的眼眸。

——少女突然像是變了一個人，臉上浮起笑容：

「唉呀，久城同……」

「奎亞那！」

一彌的叫聲，讓少女的表情變得僵硬。她慢慢變回原本的嚴肅神情。

「……被拆穿了？」

「我已經知道妳的真面目。真的艾薇兒已經獲救。」
「啐！」
艾薇兒……不，是第二代奎亞那說話語氣驟然一變，以極具氣勢的模樣說道：
「沒錯，我就是第二代大盜奎亞那。小時候被人撿到，之後就變成小偷。但是第一代在八年前突然失蹤。按照傳聞，他把偷來的寶物藏在某處，我發現那些東西似乎是藏在這個學園裡，所以我就來了……你知道第一代是誰吧？」
「馬克希姆吧。」
一彌這麼回答，大吃一驚的奎亞那睜大眼睛：
「……沒錯。失蹤的第一代變成騎士木乃伊從墓室裡滾出來的時候，真的把我嚇一跳。可是那本紫書掉在墓室裡。那是第一代每到春天便會來到學園，藏匿在學園各處的寶物之一。也是冒險家布萊德利爵士留給孫女的遺產。因為發現它，我迅速將它撿起來藏好。可是你……把它藏到哪裡去了？」
「它……？妳……這麼說來，從後面襲擊我並且奪走紫書的人不是妳？」
「當然是我。只是你當時只有拿著書啊！」
「咦？」
「『黑便士』上哪去了？」

「妳說什麼?」

奎亞那瞪著一彌:

「書一點都不重要,所以我把書丟在花壇。我要找的是黑便士。啊——真是的……書裡頭不是夾著一張明信片嗎?那就是布萊德利爵士的遺產!」

一彌叫了一聲「啊」。

——找到紫書的時候,維多利加對書毫無興趣,只是拿走當成書籤夾在裡頭的明信片,就不知道跑到哪裡去了。當時的一彌完全不了解她的行動……

「不是書,而是明信片……?」

「沒錯。上哪去了?」

奎亞那又沿著樓梯走了幾步。一彌說道:

「明信片在維多利加……」

可是奎亞那卻說:

「……你在胡說八道什麼?植物園裡面根本沒有女孩子!」

一彌和奎亞那隔著樓梯上下對峙。

「我已經兩次爬到樓梯的最上方,可是植物園裡面根本沒人。你雖然說那裡有個女孩子,可是我根本沒看到。」

「妳、妳說什麼……？」

「到處都是灰塵，一片陰暗，根本連半個人也沒有。植物園裡已經有好一段時間空無一人啦。你一定是看到妖精了。我不是說過嗎？〈圖書館最上方住著金色妖精〉。你這個來自東方的留學生，身邊沒有親近的同學，只會拚命讀書的男生。『寂寞的孩子和妖精交朋友』、『然後靈魂就被帶走』……在我出生的地方有這種說法。」

奎亞那俯視一彌。

「你說的女孩子根本不存在。」

一彌被她說的話深深傷害。

——奎亞那的話是事實。來到這裡留學半年，因為無法融入貴族子弟之中，一直沒有交到新朋友。

所以與維多利加相遇時，身為帝國軍人三男的一彌雖然極力壓抑，盡量不表現示弱的感情，其實內心是喜悅的。維多利加雖然特立獨行，經常令人搞不懂，常常惹火自己，卻是在蘇瓦爾交到的第一個，也是對一彌來說非常重要的朋友……

絕對不可能不存在。

「怎、怎麼可能……！」

奎亞那嘲笑受傷的一彌。

「你還沒搞懂嗎？」

「她明明存在……」

「哼，那我就讓你瞧瞧這個。你朋友的真面目就是……」

奎亞那臉上浮現殘酷的表情，慢慢提起旅行箱。一彌則是傻傻地仰望。

奎亞那打開旅行箱的蓋子……

——唰。

金色長髮流瀉而下。

還可以看到豪華的洋裝裙襬。

睜大有如凍結的彩色玻璃眼眸。

「維……？」

奎亞那粗魯地將打開蓋子的旅行箱翻過來。嬌小的少女從旅行箱中跌出，往一彌的方向掉落。一彌急忙伸手打算接住，但是豪華的高布林織錦洋裝、包裹絲絹金髮的蕾絲圓帽卻從一彌的手中滑落，往遙遠下方的大廳掉落……

一彌發出叫聲往下看。

……追在一彌的後頭，帶著兔皮獵帽手牽著手的刑警兩人組正好走進圖書館。兩人抬頭一瞧，發現有東西掉下來，連忙以牽在一起的手接住少女——不，是接住輕飄飄的陶瓷娃娃。

茫然的一彌往下俯視。

「哇啊——娃娃掉下來了——」

「撞一下就快壞了——啊，頭快斷了——」

兩名刑警開始大呼小叫。

一彌茫然仰望奎亞那，只看到她露出可怕的表情：

「你聽懂了嗎？植物園裡才沒有女孩子。倒是有那個娃娃沒錯。那是上個世紀德國人偶師葛芬庭的作品。據說他和魔鬼交易，成功把靈魂封印在人偶體內。他的作品擁有邪惡的意志，成為會在晚上走路的怪物。好了，久城同學。」

奎亞那丟下旅行箱，逼近一彌。

一彌還在發呆。

（維多利加不存在……？怎麼可能……）

遙遠下方傳來旅行箱摔壞的聲音。

（怎麼可能……維多利加明明就存在……！）

奎亞那掐住一彌的脖子，以驚人的力氣勒緊。

「到底藏在哪裡？黑便士藏在哪裡？還來！還給我！」

「我、我不知道……我、什麼……」

「如果不是你拿的，那是誰拿的。還來！」

一彌在迷宮樓梯與奎亞那打成一團，木製樓梯不住搖晃，發出危險的吱嘎聲響。

有個金色的小東西映入一彌的眼簾。

仔細端詳。

在接近天花板的遙遠上方，有名少女從扶手縫隙露出臉來。

蕩漾怪異光芒的綠色眼眸。有如擁有自我意志，因為憤怒而飄動的美麗金色長髮。

——那是維多利加。

她張開櫻桃色嘴唇，小聲說道：

「告訴妳，如果不在久城那裡……就是在我這裡。」

沙啞有如老太婆的聲音。

奎亞那「咦……」叫了一聲，慢慢轉身。

仰望上方。

維多利加的雙手拚命舉起某樣東西——那是厚重的書。

「放開久城。」

書掉下來。

對準睜大眼睛的奎亞那臉上，書發出低沉的「碰……」一聲砸個正著。奎亞那就這麼臉上蓋著書，雙手張開不停滾下樓梯。

維多利亞接著說了一句無法置若罔聞的話。

「他是我的僕人。」

如果是平常身為帝國軍人三男的一彌，一定大聲抗議，但是沒有聽清楚的他只回了一句：

「維多利加……妳果然真的存在。」

「……真沒禮貌。」

維多利加不悅地用鼻子哼了一聲，緩緩離開扶手，再也看不到她的身影。只有金髮有如小恐龍的尾巴，緩緩跟在由荷葉邊和蕾絲撐起的維多利加身後。

沙啞的聲音慢了一拍：

「……我當然存在。」

4

滾下木製樓梯的第二代奎亞那，被隨後進入圖書館的布洛瓦警官逮捕，由手牽著手的刑警兩人組押往村裡的警察局。

這才放心的一彌一步一步慢慢爬上迷宮樓梯，總算到達最上方的植物園。

抬起頭來——

維多利加以這幾天來一彌早已見慣的「平常的模樣」坐在地上，正在翻閱書頁。身旁圍繞呈放射狀散開的書，嘴巴叼著菸斗。

就算發現一彌爬上來依然沒有抬頭，只是把菸斗稍微拿開嘴巴：

「……你太慢了。」

她的側臉依舊有著最初見面那般毫無表情——那正是讓一彌的心變得頑固，這個國家的貴族特有的冰冷態度，實在十分令人厭惡。

可是今天的一彌絲毫不在意，在維多利加的身邊坐下。

「這究竟是怎麼回事？按照往例，只有妳全部了解嗎？」

「當然。是『智慧之泉』告訴我的。」

維多利加慵懶地嘆口氣，然後以嫌麻煩的模樣說道：

「我為了打發無聊，於是玩弄這個世界的混沌碎片。利用『智慧之泉』將這些碎片重新拼湊——這麼一來我又陷入困境。漫長，令人瘋狂的無聊時刻再次降臨。」

「……在妳覺得無聊之前，先告訴我是怎麼回事吧。」

「語言化是吧。」

維多利加打了個大呵欠。

「……真是麻煩。」

發現一彌正在焦急等待，維多利加小聲「啊……」了一聲。然後迫不得已只好開口：

「知道了。就讓我用你這樣的凡人也聽得懂的方式說明吧。」

暖洋洋的陽光照入植物園，天窗吹入的春風輕柔吹拂坐在陽光下的兩人頭髮。

維多利加隨手遞上明信片——那是原本夾在紫書裡面，由布萊德利爵士寄給孫女艾薇兒的明信片。上面沒有蓋郵戳。

「黑便士是郵票的名字，也是全世界最早的郵票。雖然光是這樣就很有價值，但是其中僅有的數枚，因為印刷錯誤的關係而有更高的價值。明信片上的這張就是。」

「耶……」

一彌接過明信片，盯著郵票。

「這是收藏家不惜投下大筆財產也想到手的寶物。可是布萊德利爵士留給孫女的這項遺產，卻被第一代奎亞那偷走，夾進紫書帶到學園，然後與他一起長眠在墓室。」

「原來如此……可是維多利加為什麼知道我在那個倉庫裡見到的少女，就是被奎亞那抓住，真正的艾薇兒呢？」

「少女恐怕是遭到打算潛入學園的第二代奎亞那所利用。為了將她監禁，偽裝成她的模樣潛入學園尋找寶物。而將她藏在倉庫裡的理由，就和將紫書藏在圖書館裡的理由一樣。」

維多利加繼續抽菸斗。

「告訴你，第二代奎亞那將紫書藏在圖書館的第十三階樓梯，就是為了利用學園怪談〈樓梯的第十三階發生不祥之事〉——因為學生總會避開第十三階，所以才將書藏在那裡。」

「嗯……」

「把真的艾薇兒藏在倉庫裡，也是因為那個地方有〈廢棄倉庫裡有米莉．馬露的幽靈〉的怪談。沒有人會接近倉庫……像你這種怪傢伙經過那裡，完全不在她的計算之內。」

一彌點頭同意。裝作不知道的維多利加則是抽著菸斗，最後還是抬起頭看著一彌。

「怎、怎麼……？」

「便宜你了，我把另一件事也語言化吧。」

綠色眼眸詭異眨動。

「就是讓你在學園裡吃盡苦頭的怪談〈春天來到的旅人將為學園帶來死亡〉——死神指的就是馬克希姆。馬克希姆，也就是第一代奎亞那，的確每到春天就會回來學園。當然是為了隱藏偷來的贓物，不過他真的是不祥的男人。或許包含米莉．馬露在內，每當他回來的時候就會出現死者。〈伴隨春天而來的死神〉的不祥印象，就是第一代奎亞那造成的。我想應該是這樣。」

一彌愣愣看著維多利加冰冷的側臉。

飛舞在空中的混沌碎片，只消維多利加一瞪，就會啪噠啪噠落在地上，瞬間拼湊起來……簡直就像看到什麼怪異的魔法。

一彌顯然非常佩服：

「妳真是不簡單啊！」

維多利加的表情略微改變，看起來像是有點得意。但是這點微妙的變化，終究被長久以來占據側臉的倦怠、絕望與怪異的黑暗掩蓋，消失無蹤。

「可是……」

一彌沉默了好一會兒，終於忍不住說出口。維多利加皺起眉頭表示疑問。

「妳真的存在啊……」

維多利加抬起頭，以懷疑的眼神瞄了一彌一眼：

「真是煩啊。我當然存在。」

「可、可是……」

一彌喃喃說道：

「那個第二代奎亞那來了植物園兩次，卻說妳不在這裡。還說這裡很陰暗，根本沒人。」
維多利加沉默了好一會兒。
呼、呼……
細細白煙直直往天窗升去。
爽朗的春風吹過。
「……因為是我不認識的人。」
維多利加突然說了這麼一句。
「咦？」
「因為不認識，所以我就躲起來。」
「躲起來？躲在哪裡？」
維多利加不耐煩地抬起頭，指著一旁的迷你衣箱。
一彌帶著懷疑看向那個衣箱。
那是一個長箱子，大小根本容不下一個人。但是維多利加身材嬌小，如果縮起身子或許勉強進得去……？
一彌輕輕伸手打開衣箱的蓋子。
然後一臉投降的表情。

——衣箱裡放著檯燈、點心與書。而且設計成可以由蓋子內側上鎖。

「……妳就待在這裡？」

「……」

「有陌生人來的時候，妳都是躲在這裡嗎？」

「……」

維多利加沒有回答。

（難不成她很怕生？）

一彌雖然可以理解——

（等一下。可是……）

向佯裝不知繼續讀書的維多利加問道：

「我第一次爬上來的時候，也是陌生人啊？」

「……唔。」

「可是維多利加卻若無其事地坐在這裡看書啊。而且還是妳主動對我說話吧？妳還記得嗎？妳第一句就對我說：『遲到還不夠，竟然打算在圖書館打混？』」

「……唔。」

「為什麼沒有躲起來？」

「……」
維多利加沒有回答。
一彌等了好一會兒，總算放棄追究：
「也罷，不說就算了……」
嘆了一口氣，偷偷看向維多利加。
（咦……？）
維多利加的側臉——一向冰冷沒有任何表情的側臉，唯獨耳朵變得通紅。
（嗯……？）
一彌側著頭。
「妳的耳朵怎麼啦？」
「什麼耳朵……？」
「變紅了。」
「……才沒有變紅。」
「不，真的很紅。」
「……才不紅。」
「不，可是……」

「我說沒有變紅就是沒有變紅！」

被維多利加揮動的書角砸到頭的一彌，雖然搞不清楚狀況，還是決定別再多說什麼。

春風從兩人之間吹過。

維多利加的金髮輕輕搖曳。

（說不定……）

一彌心想。

（我是憑自己的意志，帶著稀奇的食物爬上迷宮樓梯。雖然以為自己是想要借助維多利加的力量……）

風吹過——

（說不定，事實上是我被維多利加選中。）

陽光被雲遮蔽——

（一定是維多利加在召喚我。所以我們才能成為好朋友……！）

不知為何，一彌對這件事感到非常光榮。

5

一彌緩緩離開圖書館，走在白色細石道上，遠處傳來──

「喂，久城同學！」

那是布洛瓦警官的聲音。抬頭就看到警官擺出瀟灑的姿勢站在那裡。

「雖說因為我的活躍，事件才得以解決，不過還有得忙呢。這個學園裡還沉眠著不少大盜奎亞那藏匿的寶物。真是累人啊……！」

「是嗎……」

一彌注意到布洛瓦警官抱在腋下的東西，皺起眉頭。

「為什麼……警官會拿著那個娃娃？」

「喔，這個啊？」

布洛瓦警官小心翼翼抱起少女娃娃，得意洋洋地說：

「這個很棒吧？這可是天才人偶師葛芬庭的作品。」

「……啊。」

「這麼一個娃娃的價值，值得上一棟房子。」

「……？」

「忘記把它放到哪裡，我找了好久。能找到真是好事。」

「！」

一彌想起布洛瓦警官先前似乎正在找尋什麼東西，訝異說道：

「那是警官的陶瓷娃娃啊？真是太容易混淆了！都是那個娃娃害我……煩惱……」

一彌大怒的模樣讓警官嚇了一跳。可是就在此時，陶瓷娃娃的脖子突然出現裂痕。警官發出驚人的尖叫：

「呀！頭要掉了！」

「都是因為剛才受到粗魯對待的關係……」

「是、是你幹的？」

「是奎亞那把它丟下樓的。」

「啊，那個該死的大盜……！」

拋下氣得發抖的警官，一彌繼續往前走。

「艾薇兒？艾薇兒……？啊，找到了。」

小心謹慎的一彌把頭探進保健室。

塞西爾老師和村裡趕來的老醫生同時回頭。病床上坐著剛剛才在倉庫找到的真正艾薇兒，正在狼吞虎嚥吃東西……看起來應該餓很久了。

聽到聲音抬起頭的艾薇兒，開心地露出微笑：

「久城同學嗎？塞西爾老師告訴我你的名字。謝謝你剛才救我。」

「沒什麼……」

看著艾薇兒天真爛漫充滿朝氣的笑容，一彌有些著迷。艾薇兒一邊拚命吃飯一邊說：

「我從英國渡海搭上前往蘇瓦爾的列車時，和同一個包廂的女子聊得投機，說了許多自己的事。名字、年紀，還有要到聖瑪格麗特學園留學的事。連爺爺的回憶都說了……」

「原來如此。那個女子是……？」

「沒錯！我也告訴她有關被偷遺產的事。我應該要從最敬愛的冒險家爺爺布萊德利爵士那裡繼承的遺產，原本打算靠它成為女冒險家的遺產，卻在很久以前被大盜奎亞那偷走的事也說了……因為傳說那個遺產被奎亞那藏在聖瑪格麗特學園某處，為了找它而來留學的事情也說了……可是、可是……」

艾薇兒悔恨地鼓起臉頰：

「那個女子正是第二代奎亞那，一直在尋找第一代不知藏在何處的寶物。她和我一起來到學園，把我關進倉庫裡，然後偽裝成我混進學園裡面。」

艾薇兒說到這裡，突然變得很有精神：

「我咬了她的右手手指一口。可是這麼一來反而惹惱了她，把我五花大綁……」

一彌想起奎亞那手指的傷。

（原來是被艾薇兒咬到的緣故……這個女孩還真勇敢。）

艾薇兒面露開朗的笑容仰望一彌：

「我一直覺得很不安，久城同學來救我的時候，我不禁認為自己遇到黑髮的王子了——！哈哈哈哈！」

「哈哈哈哈！」

塞西爾老師也笑了。

「久城同學是王子——哈哈哈哈！」

「……老師，妳笑得太誇張了。」

一彌有點不滿，塞西爾老師這才忍住笑——

「…………噗！」

還是笑了出來。

一彌雖然不高興地鼓起臉頰，還是遞給艾薇兒從維多利加那裡拿到的明信片——黑便士。

艾薇兒楞了一秒，馬上扔下吃到一半的三明治。塞西爾老師「哇！」了一聲，伸手抓住飛在空中的三明治。

艾薇兒含著淚，小心翼翼由一彌手中接下明信片。

「爺爺──！」

「太好了，平安回到妳的手上真是太好了。」

「嗯、嗯……！」

──明信片上寫著冒險家布萊德利爵士留給孫女的話。

〈這個送給妳。等到妳長大成人，一定能夠成為很棒的女冒險家。就拿它當成冒險的經費吧。爺爺現在要搭乘熱氣球橫越大西洋。再見啦！〉

艾薇兒雖然不停啜泣，還是對一彌展現混著淚光又燦爛無比的開朗笑容：

「謝謝你，久城同學！」

「不……」

「我剛來留學，什麼都不知道。還要請你多多指導學園的事喔！」

「嗯……」

「我們交個朋友吧，久城同學！」

「好、好……」

一彌並不排斥可愛的女孩主動說要交朋友，只是有些擔心。畢竟一彌是因為學園裡蔓延的怪談，被冠以〈伴隨春天而來的死神〉之名的人。或許會讓艾薇兒感到害怕……

（不過艾薇兒是留學生，也許不像這裡的學生，說不定對怪談一點興趣也沒有……）

重新振作的一彌試著發問：

「對了。艾薇兒，妳喜歡怪談嗎？」

「我最喜歡了！」

馬上以有精神的聲音回應。

「這、這樣啊……」

一彌低下頭。

——西歐的富庶小國蘇瓦爾。來自東洋某國的留學生久城一彌，與總是關在圖書館塔裡的怪異混沌挑戰者，美麗的嬌小少女維多利加在山間名校聖瑪格麗特學園相遇。

以及剛剛到達的冒險家孫女艾薇兒．布萊德利……

他們之後被捲入大盜奎亞那留下的神祕寶物，以及受到詛咒的下毒殺人魔伯爵夫人相關的不祥現象，而在學園裡四處奔走。但是，那又是別的故事了——

第五章

半夜三點出現的無頭貴婦

1

暖洋洋的春天早晨。

聖瑪格麗特學園——

平常校舍走廊總是擠滿從宿舍裡衝出來的學生，抱著教科書來回奔跑，但是在星期日的早晨則是空無一人，一片靜謐。

一位嬌小的女性身影穿越暗紅地磚的大廳，迅速走過高聳天花板上有數根屋樑的走廊。

大大的圓眼鏡，及肩的蓬鬆棕髮。水靈靈的潤澤大眼睛，娃娃臉的女性——塞西爾老師手上拿著大串鑰匙，嘴裡唸唸有詞：

「記得閱覽室裡應該有那本課本的參考書才對……真是的，都是久城同學害的，幹嘛問老師不知道的問題。一定以為老師無所不知吧……才沒那回事。告訴你，久城同學——」

明明沒人，還是繼續大聲地自言自語：

「——老師還是這裡的學生的時候，成績可是比現在的久城同學差上很多——懂了嗎？這實在不是值得誇耀的事。」

獨自低下頭，在某個房間前面停下腳步。把大大的鑰匙插入鎖孔旋轉：

「哇啊，鑰匙生鏽了。就是說嘛，這裡可是人稱〈打不開的閱覽室〉，已經有好一陣子沒人進來……」

打開色澤漆黑有如月桂樹的巨大門扉。閱覽室裡有橢圓形矮桌與裝有玻璃門的書櫃，室內的塵埃與濕氣沿著走廊飄盪而出。塞西爾老師急急忙忙走進去：

「週一上課前……沒錯沒錯，就是這個。我要靠這本參考書好好預習一下才行。呃……」

拿起一本薄薄的書，快步打算離開房間。突然抬起頭，仰望牆壁。

大大的眼睛用力閉上。

再度睜開。

盯著牆壁，露出泫然欲泣的表情。

膽戰心驚地閉上眼眸——

「出、出出……出～現～了～！」

一邊尖叫一邊摘下眼鏡，然後當場慌張地跺腳……

大約是在同一時刻。

ㄈ字型廣闊校舍另一頭的走廊——

「呃……那裡是有名的人面獅身獸幽靈會提出問題的廁所吧?為了觀賞而帶到蘇瓦爾之後死掉的印度象幽靈,則是出現在哪裡呢……?還有……」

有個星期日一大早就整齊穿好制服,邊看筆記本邊走路的少女。俏麗的金色短髮搭配上精明的藍色眼珠,苗條修長的四肢令人聯想到年輕牝鹿,是個朝氣蓬勃的少女。

少女——留學生艾薇兒.布萊德利停下腳步:

「嗯……果然只靠地圖還是很困難,畢竟我對這個學園還不熟。下週才開始上課,連一個朋友都沒有……啊,有了!」

「啪!」拍了一下手掌。

「有久城同學啊。那個把我救出廢棄倉庫的東方男孩。呃……他在哪裡呢?希望他能帶我認識校園,可是我又不能進入男生宿舍……嗚哇啊啊啊!」

艾薇兒的腳下——地板突然搖晃。艾薇兒就這麼一屁股坐在地上,「好痛啊……!」邊發牢騷邊看往腳邊。

地板有一個洞,一隻腳就陷入洞裡面。滿臉懷疑的艾薇兒拔出腳,接著窺探洞內。

裡面有東西。

發出淡紫色的光芒。

明明搞不清楚狀況，不知該說是勇敢還是魯莽的艾薇兒，毫不猶豫將手伸入地板的洞裡，把那個紫色的東西拿出來。

手上握著飾有亮晶晶的紫色寶石，可是又帶著莫名不祥的項鍊。那個項鍊雖然看起來不吉利又沉重，艾薇兒卻睜大眼眸，將它湊近眼前前後左右看了好一會兒。

突然——

「啊!?」

放聲大叫。

「這這這、這是在我最喜歡的怪談裡出現的，阿申頓伯爵夫人的『毒花』!?」

急忙翻閱筆記，終於找到想找的頁面，開始比較頁面與手上的項鍊——

「果然沒錯！可是這是怎麼回事？哇啊啊啊！不得了！怎麼辦！不過總之……找到不得了的東西了！好棒啊——！」

艾薇兒開始手舞足蹈，忍不住開心地大叫：

「太棒了——！」

然後也是同一時間。

位於聖瑪格麗特學園校地一角的男生宿舍二樓某個房間——

「哇啊！幾點了⁉睡過頭了？唉呀……原來今天是星期日啊。」

一個矮小的東方少年從飾有捲葉花紋的橡木床鋪跳起來。黑色短髮，有如黑檀一般深邃的黑色眼眸。他一手拿著時鐘焦急地說：

「……不對不對，即便是星期日，帝國軍人的三男還是不可貪睡。立刻起床、洗臉、吃早餐、念書……啊，好睏。不對不對不對，光是在本週就因為被捲入殺人事件而遲到一次，還有一次進了教室之後從窗戶逃跑，所以算是缺席——如此就是兩次的失態。好了，起床吧……可是還是好睏啊。」

帶著惺忪睡意的臉上，浮現嚴肅的表情。少年——久城一彌終於不甘願地起床了。將當作睡衣的深藍色浴衣前襟抓攏，起身打算洗臉的時候，傳來有人敲門的聲音。

「是！」

「……是、我、啦～」

帶有女人味的甜美聲音。一彌嚇了一跳。昏昏沉沉的腦裡想著事到如今也沒辦法假裝不在，門就自己開了。

「早、安。久城同學。」

性感的紅髮舍監站在那裡。

「我說啊，剛才有個髮型怪異的怪人……」

說到一半便上上下下打量一彌。

「怎、怎麼了嗎？」

「那個很不錯嘛～很有東方風味又漂亮……送我！」

「送、送妳？」

舍監開始硬拉一彌的睡衣。一彌的抵抗無效，浴衣連著衣帶都被舍監搶走，一彌只好一面尖叫一面跳到床上用棉被包裹自己，出聲抗議：

「那是我的睡衣啊！」

「我可以穿去村裡的舞會嗎？」

「不行！請妳還給我！我的睡衣……」

「下次再還你。」

滿臉笑容的舍監揮揮手，迅速離開房間。就在她要關門的時候，一彌急忙問道：

「妳說有一個髮型怪異的怪人，他怎麼了!?」

「什麼？啊……對了。」

舍監探頭進來：

「剛才有個像這樣金色的頭髮梳成難以形容的尖銳髮型，讓人不禁惋惜那張俊俏的外表。那名莫名奇妙的年輕男子跑來留話給你。呃——是什麼呢？啊……對不起，我忘了。」

「……」

「好像說是要去哪裡。」

「……該不會是圖書館吧？」

「啊，沒錯沒錯，一定就是那裡！」

舍監點點頭，滿臉笑容揮手關門。

一彌嘆了口氣。

看著窗外。溫暖春光透過法式落地窗灑在地毯，耀眼至極。這是寧靜的星期日早晨。

「嗯……圖書館嗎。」

一彌再次不甘願地起床。沒辦法只好開始換衣服。

橡木桌上放著二哥昨天寄來的信。一彌把信摺起來放進胸前口袋，走出宿舍房間。

2

聖瑪格麗特大圖書館——

刻畫悠久時光的石砌外牆。纏繞其上的灰色藤蔓與寂靜。這裡是歐洲屈指可數的巨大書庫，角柱狀的高塔即使是在這個星期日早晨也和平常沒什麼兩樣，為知性、時間與寂靜盤據，有著不可思議的外貌。

推開上面釘著鉚釘，包覆皮革的大門，一彌才剛踏入大廳，就感覺到統治所有牆壁的巨大書架上面，受不了他的古老書籍好像一起呻吟：「又來啦。」挑高的大廳裡有著巍巍顫顫的細窄木製樓梯，有如迷宮綿延不斷。莊嚴的宗教畫也從遙遠上方的天花板俯視下方。

「又要爬這個樓梯……還是不習慣。」

一彌發了牢騷，像是下定決心點點頭，挺起胸膛。然後一步一步，規規矩矩沿著迷宮樓梯往上爬。

——一彌這是第七次爬上這個奇異樓梯。一開始是受到導師塞西爾老師的托囑，送講義到圖書館給同班同學。那之後的五次、五次是……

「究竟是為了什麼？」

一彌一邊爬樓梯一邊偏著頭思考。這才發現不知何時已經像是每天的例行公事，一次又一次爬上這個迷宮樓梯與「她」見面。一彌不禁板起臉。

「因為發生了很多事，所以需要她幫忙……」

碎碎唸好像是在找藉口。

「我又不是特別想要和維多利加見面……」

不斷爬樓梯的一彌總算來到最上方的開闊之處。那裡……是一個植物園。

從天窗溫和照耀的朝陽。南國的巨大葉片以及妖豔花朵盛開的溫室。還有一個上半身向前傾，被書堆包圍，無聊至極，怪異又難解的公主——可是她今天不在那裡，取而代之的是角落的電梯前方有個奇怪的年輕男子，像是在耍脾氣一樣蹲在那裡。

剪裁合身的三件式西裝，配上閃亮眩目的銀製袖飾。雖然是個俊美的男子，只是髮型實在太過怪異。金髮前端理成流線型，看來就像鑽子。男子——古雷溫·德·布洛瓦警官蹲在那裡抱著膝蓋。

嘴裡唸唸有詞：

「201、202、203……」

覺得怪異的一彌悄悄瞄了一眼，警官小聲數著地板的白色磁磚。注意到嚇了一跳往後退的一彌，抬起頭來的警官帶著哀怨又有點喜悅的模樣說道：

「怎麼這麼慢啊，久城同學。」

「……有何貴幹？還有你在幹嘛？」

「這裡一個人也沒有，真無聊。」

「一、一個人也沒有……」

往植物園的方向看去。心想維多利加應該也在的一彌往那邊走去──她果然在。

維多利加或許是在躲避警官，和警官一樣蹲在植物園深處，不知道在做什麼。

蓬鬆雪紡紗的紅醋栗色可愛洋裝，配上綴有蕾絲的典雅鞋子。金色的美麗長髮，有如解開的天鵝絨頭巾從背後披散在地……沾滿泥土。

「……維多利加？」

維多利加嚇了一跳，肩膀抖了一下。然後驚訝回過頭：

「原來是你啊。怪異的東方人……呃，好像叫久城是吧。」

「……沒錯。『怪異的』是多餘的。哇啊……！妳怎麼全身都是泥巴！到底在幹嘛？」

一彌衝到維多利加的身邊，開始拍起她的頭髮、雪紡紗洋裝裙襬以及小手。維多利加似乎是在玩泥巴，手上的珍珠色指甲也被泥土染成褐色。

一彌不辭辛勞汲水過來，把不停掙扎的維多利加雙手放進水裡洗乾淨。在遠處繼續數磁磚的布洛瓦警官開口說道：

「對了，久城同學。今天叫你來呢……」

「有什麼事?我現在手邊正在忙……」

沒辦法的布洛瓦警官只得接近兩人，拿出一疊似乎是文件的東西給兩人看，但是維多利加裝作沒看到，把臉湊向植物園裡的鮮紅大花。

「這就是那個傢伙……大盜奎亞那偷遍歐洲，據說藏在聖瑪格麗特學園各處的贓物清單。至今只有找到不久前順利物歸原主布萊德利小姐，全世界最古老的郵票『黑便士』，其他東西以什麼方式藏在什麼地方，我們完全不知道。因此我接下來的工作就是找出奎亞那的寶物。」

一彌抬頭看向布洛瓦警官。果然……警官不是對著一彌，而是對著維多利加講話。維多利加繼續裝作沒聽到，把臉埋進花叢裡。

布洛瓦警官只要遇到問題，就來借用這位聰穎過人的謎樣少女維多利加的智慧解決事件，再將功勞占為己有。雖然如此，不知為何維多利加和警官的交情似乎很差，根本就是互不交談。警官每次想問維多利加事件的相關問題，就讓一彌坐在正中央，從頭到尾假裝是在和一彌說話，實在是個有著麻煩怪癖的傢伙……

警官如同以往朝著一彌說：

「你看，首先是這張畫。因為討厭歐洲畫壇而移居南大西洋某個島嶼的天才畫家最後作品『南大西洋』。這是在將近二十年前從某個王族的宅邸裡面偷來的。還有這個是阿申頓伯爵夫人的項鍊，一般稱之為『毒花』。這是從蘇瓦倫的國立博物館偷來的。還有……」

清單上面畫著繪畫以及帶有紫色光芒的項鍊。警官滔滔不絕繼續說明。

一彌則是專心幫維多利加清洗手指：

「你告訴我這些事也沒用啊……維多利加，妳到底玩泥巴玩了多久？衣服和指甲髒成這樣。難道妳小時候沒有惹過媽媽生氣嗎？真是的，一直洗不掉……」

「……唔？」

維多利加終於從花叢裡露臉，然後不悅地蹙著眉頭：

「有兩個好吵的人。」

「……真抱歉。至少不會無聊吧？」

「我難道沒說過吵鬧是排行第二的敵人嗎？」

「妳有說過嗎？」

布洛瓦警官靜靜聽著兩個人鬥嘴。

維多利加抬起頭來：

「對了，久城。」

「怎麼樣？好了，總算把指甲洗乾淨了。」

「你對奎亞那留下的寶物有興趣嗎？想要我把它們找出來嗎？」

一彌傻傻地凝視維多利加極為精緻的小巧臉龐。偏著頭說道：

「沒有，完全不想耶。」

「唔。」

維多利加點點頭：

「我也沒興趣。」

「就是說嘛？哇啊，警官!?為什麼勒住我的脖子!?沒興趣就是沒興趣！況且尋寶是你的工作，為了這種事星期日早晨把人叫出來，我才想要抱怨！嚴重抗議！啊，維多利加……！」

被布洛瓦警官用力勒住脖子死命掙扎的一彌，看到維多利加有如怠惰的遠古生物般緩緩低吟，搖動有如尾巴的金色頭髮再度蹲回植物園的地上，發出不滿的聲音：

「我剛才好不容易才洗乾淨的！」

維多利加回頭哼了一聲，根本不顧一彌的抗議，繼續玩泥巴。

「不、不可以玩泥巴！維、維多利加～～!?」

3

垂頭喪氣的一彌離開圖書館，走在白色細石路上。

（維多利加還是一樣令人捉摸不定啊……我們的交情真的變好了嗎？她真的覺得我是她的朋友嗎……？她那種行為根本讓人完全摸不著頭緒嘛！）

今天早上也是好天氣，一大早就暖洋洋。校園裡大片的法式庭園，白色噴水池、樹籬、花壇整齊排列。穿著制服的學生交錯往來，笑鬧喧嘩的聲音以及輕輕的腳步聲四處迴響。

「啊，久城同學！」

隨著一個開朗的聲音，有個人「噠噠噠！」氣勢驚人地接近。心裡猜想是誰的一彌回頭一看，是個面熟的女孩子——艾薇兒・布萊德利手中抓著某個東西，一邊甩動一邊跑來。

「原來是妳啊。」

「嘿嘿嘿，終於找到你了。我一直在找你呢。」

艾薇兒滿心歡喜地這麼說，讓一彌也跟著高興起來。

「已經沒事了嗎？」

「嗯！明天開始就可以上課了。好期待啊～～！」

——艾薇兒不久前才被第二代大盜奎亞那抓住，直到一彌與布洛瓦警官在維多利加的幫助下趕到，才幸運地救回一命。當時似乎相當衰弱，看樣子現在已經恢復健康了。

艾薇兒初次見面之時就說要和一彌當朋友。一彌心裡當然覺得很高興，但是再度和艾薇兒見面，看到艾薇兒以不怕生的開朗個性說道：

「我正在探訪學園裡面各個怪談地點呢。久城同學一起來嘛！」

「怪談!?我、我才不要！」

一彌退縮不前。

因為一彌被學園裡的怪談所害，一來到這裡留學就被人當成死神，直到現在還是一樣嘗盡苦頭……但是艾薇兒完全沒注意一彌的反應，滿臉笑容繼續說：

「為什麼?很有趣啊～我剛才就找到一個不得了的東西呢！」

艾薇兒揮動手裡抓著的那個紫色……好像是項鍊……

「你知道這是什麼嗎?就是〈半夜三點出現的無頭貴婦〉啊！」

「不知道！」

艾薇兒指著校園裡到處都有的木製長椅。兩人坐在長椅上，玩弄著手裡的紫色項鍊：

「校舍裡有〈打不開的閱覽室〉，那裡掛著一張貴婦的肖像畫。就是讓中世紀的蘇瓦爾社交界陷入恐慌，令人畏懼的下毒殺人魔——阿申頓伯爵夫人的肖像畫。」

「嗯……」

一彌突然遭到睡魔侵襲。連看都沒看艾薇兒手中的項鍊，只是隨口應了一聲。

「阿申頓伯爵夫人總是帶著紫水晶項鍊。為什麼呢?因為她相信，水晶只要接近毒物就會變色。為了得到國王的寵愛，不斷毒殺礙事的女子，有如惡魔的伯爵夫人，害怕自己也遭到毒殺。俗稱『毒花』的項鍊繞在她的脖子上，連扣環也焊死了，所以項鍊一直拿不下來。直到伯爵夫人以毒殺罪名遭到斬首的瞬間，才第一次離開她的脖子。」

（咦，這個故事好像在哪聽過……？）

一彌的內心開始思考。

金色鑽子頭瞬間在腦裡復活。

（是聽誰說的？）

「從那之後，這個學園每天晚上都有人看到阿申頓伯爵夫人歪著脖子的亡魂到處走來走去。伯爵夫人從〈打不開的閱覽室〉裡的肖像畫裡跑出來，四處徘徊。因為沒有人知道那張肖像畫究竟是為什麼，從什麼時候開始掛在那裡。據說某天就突然出現在閱覽室的牆上。一定是伯爵夫人的亡魂為了尋找一個安身之處才跑來的……！」

「嗯……」

「啊！久城同學，你一定覺得很無聊吧？因為現在開始才要進入正題！鏘鏘鏘！你看、你看！看看這個！這就是伯爵夫人的項鍊『毒花』，讓我找到了喔！」

一彌移動目光，看著她遞過來的紫色項鍊。

臉上逐漸浮現驚愕的表情。

「艾薇兒，妳、妳在哪裡找到的!?」

「走廊的地板開了，就藏在地板下面。一定是伯爵夫人在徘徊的時候不小心掉的。畢竟她的脖子沒接好，所以……」

「呃……如果是在地板下面，應該不是掉了，而是故意藏在那裡吧？艾薇兒，那條項鍊就在布洛瓦警官剛才給我看的奎亞那贓物清單裡……」

「久城同學！」

很有精神的艾薇兒站了起來。

一彌也跟著從長椅起身。

「什、什麼事？」

「我們這就去〈打不開的閱覽室〉吧！」

「閱覽室？不對，應該先找布洛瓦警官……」

「立刻去確認阿申頓伯爵夫人的肖像畫。如果徘徊的亡魂掉了項鍊，那麼項鍊應該會從肖像畫裡消失。這正是亡魂從肖像畫裡跑出來到處亂晃的證據。走吧！」

「艾薇兒……！不對吧……」

拖著想要說明警官、清單、奎亞那……等等一切的一彌，充滿活力的艾薇兒往校舍的方向邁開腳步奔跑。

4

〈打不開的閱覽室〉的巨大黑門敞開，從裡頭傳出可愛的辯解聲：

「所所所、所以……那個，你們聽我說嘛。這、這裡是……」

塞西爾老師站在閱覽室的正中央，嬌小的身體左搖右晃。老師身前有兩個戴著兔皮獵帽的年輕男子——總是感情融洽地手牽手一起出現。正是古雷溫・德・布洛瓦警官的部下。

「這房間一向都是上鎖的，好一陣子沒有人進出了。剛才我進來的時候，地板上也是積了一層灰塵，沒有任何人的腳印。是、是個密室。可是這、這個卻……」

塞西爾老師一副快要哭出來的表情，指著牆上的畫。

——就在這時候，艾薇兒拖著一彌來到閱覽室。

「真是幸運！怎麼回事，門竟然沒鎖耶！」

「這麼一來這裡就不是〈打不開的閱覽室〉了……」

「你看你看，久城同學。掛在這裡的肖、像、畫……咦？」

衝進閱覽室的艾薇兒，眼神發光、很有精神地指著牆壁上的畫。然後眼睛睜得圓滾滾，和相同姿勢指著牆壁的塞西爾老師面面相覷。

「奇怪？」

塞西爾老師的大眼睛裡積著淚水，回望艾薇兒。

「嗯？」

一彌抬頭看著牆壁。

那兒掛著一張畫。分明應該是美麗禍水的下毒殺人魔伯爵夫人的肖像畫……

上面是蔚藍海洋與耀眼太陽。

描繪南大西洋美麗島嶼的風景畫。

一彌、艾薇兒、塞西爾老師以及兩個部下都以傻傻的表情互望，呆站在原處。

最後是艾薇兒揮動項鍊，發出怪聲：

「阿申頓伯爵夫人的肖像畫呢？」

塞西爾老師的雙手握在一起：

「消、消失了！」

「消失了？」

「早上老師想要偷偷來拿參考書……沒有沒有，沒事。總之因為有重要的事來到這裡，明明這個閱覽室已經有好一陣子沒人來過，但是牆上的阿申頓伯爵夫人肖像畫卻不見了，被人用這張怪異的海景畫掉包了。」

一彌目瞪口呆，仰望那張「怪異的海景畫」。似乎只有一彌看過這張畫，警官的兩個部下則是在一旁開玩笑：

「怪異的畫──」

「會不會是小孩的塗鴉啊──」

艾薇兒的表情突然變得一本正經：

「可是，這張畫……畫得很棒啊。」

塞西爾老師雙手抱頭喃喃說道：

「這究竟是怎麼回事？是什麼人，為了什麼，還有是用什麼方式把畫掉包？況且伯爵夫人的肖像畫根本不值錢嘛？根本沒人知道究竟是從什麼時候開始放在這裡……」

「這是詛咒！」

「詛咒!?嚇死人了！」

「被詛咒了！」

看到受到艾薇兒影響而陷入慌亂的塞西爾老師，一彌雖然也很驚訝，還是戰戰兢兢詢問警官的部下：

「請問兩位巡警先生……」

兩人手牽著手往右轉，正要離開閱覽室。似乎認為這件事與案件無關，打算撤退……聽到一彌的聲音，兩人同時回頭，同時歪著頭：

「什麼事啊——？」

「剛剛布洛瓦警官讓我看過奎亞那贓物清單，在那裡面——」

指著掛在牆上的海景畫：

「——就有這張畫。是一位名畫家的最後作品，記得畫名就叫『南大西洋』……」

「咦!?」

「我是不知道畫為什麼會在這裡。還有她找到的這條項鍊，也在清單上面。這是名為『毒花』的項鍊……」

兩人互望。

同時用力吸了一口氣：

「警、警官～～～～！」

「啊～～～～～！」

一面大聲呼喊，一面握緊彼此的手跑開。

留在閱覽室裡的三人，好一會兒愣在當場。艾薇兒突然以喪氣的聲音說道：
「這是南大西洋的海景畫啊……」
口中唸唸有詞，抬頭仰望風景畫。
一向充滿朝氣的藍色眼眸，蒙上一層陰影。
艾薇兒緩緩走出閱覽室，踏進走廊。回頭的一彌察覺她的背影帶著些許寂寞，不禁有點擔心，於是小心翼翼跟在艾薇兒身後。
艾薇兒離開校舍，在校園的庭園裡毫無目的地走著，然後在噴水池邊坐下。發現因為擔心而追上的一彌，輕輕微笑。
「怎麼啦，艾薇兒？」
「嗯。那個……」
艾薇兒撥著噴水池的水：
「上次你幫我找回來的那張明信片，是布萊德利爵士──我爺爺寄出的最後一封信。他是個相當有名的冒險家。」
「我知道，在我的國家的報紙上也曾經有過報導。」
「真的嗎？」
一彌點點頭。

艾薇兒的祖父，布萊德利爵士是個有名的冒險家。艾薇兒之所以會被大盜奎亞那盯上，也是因為祖父遺產所造成的事件——

艾薇兒的表情閃閃發亮。

「爺爺總是神采奕奕地追尋新冒險，全世界的男孩子都為爺爺的冒險故事著迷。可是在我們家族裡面，他卻被當成怪胎。我爸爸和爺爺正好相反，天生體弱多病。不過在活蹦亂跳的我出生之後，我爸爸非常高興，直說艾薇兒像極了妳的爺爺。就因為他一直要我長大以後像爺爺一樣成為帥氣的冒險家，讓奶奶累得快要折壽——因為我奶奶一心一意只想將我培養成循規蹈矩的淑女。」

「唔……」

「到蘇瓦爾留學，也是因為爸爸贊成才能實現。他說妳應該看看廣闊的世界，而且……」

艾薇兒的話似乎已經接近核心，一彌以認真的表情點頭，略為探出身子。因為這還是第一次聽到艾薇兒提起怪談以外的話題。而且一彌不知為何有種錯過這個機會，就再也聽不到這些話的感覺。

不知何處傳來有人奔跑接近的腳步聲。兩個人都抬起頭，不知道發生了什麼事。戴著兔皮獵帽的兩個部下，手牽著手往這邊衝來。

「咦？」

兩人放開握在一起的手，各自抓住一彌的左右手——成為三人手牽手的姿勢。

一彌的腳浮在半空中。

「怎、怎麼回事？」

「布洛瓦警官找你——」

「吩咐我們立刻把你帶去——」

「去、去哪裡？」

「圖書館——」

一彌的兩邊被人牢牢抓住，像個犯人一樣帶走。他連忙回過頭：

「艾薇兒，等會兒再說！我立刻回、來……」

「哈哈哈哈——怎麼可能立刻——」

一彌不斷回頭，還是被帶往圖書館的方向……

5

聖瑪格麗特大圖書館——

染成灰色的石砌牆壁刻畫數百年的時光，屬於知識與寂靜的殿堂——

兩個部下一腳踢開包覆皮革的門，把一彌丟進圖書館大廳。一彌回頭出聲抗議：

「又要我爬樓梯!?一天爬一次已經是我的極限了。喂！有沒有聽到我說的話？」

「哈哈哈——」

「給我爬上去——」

一彌嘆了口氣，仰望大廳高處下定決心。

所有牆壁都被巨大書架取代，排滿皮革封面的書。它們好像一面俯視一彌一面無奈地低吟：「怎麼又來了。」

直通繪有莊嚴宗教畫的天花板，巍巍顫顫的狹窄木製樓梯。由樓梯組成的無趣迷宮，看來就像巨大的恐龍骸骨。

一彌往上邁出一步。

一步接著一步。

（沒辦法……算了，除了布洛瓦警官，維多利加一定也在上面……）

一想到維多利加，就稍微加快腳步。

（話說回來，維多利加真是個性怪異、反覆無常、壞心眼、小不隆咚的奇怪女孩……她給人的感覺真的很差，而且對我的態度……）

想著想著，一彌不禁加快速度，最後則是跑上樓梯。

迷宮樓梯最上方——

南國樹木蓊鬱生長，由天窗投入柔和陽光的植物園裡，頂著金色鑽子頭的男子再度迎接一彌。古雷溫・德・布洛瓦警官無聊地東摸西摸，拉著樹葉焦急等待。一發現一彌的身影，立刻裝出瀟灑的姿勢大聲呼喊：

「久城同學！〈打不開的閱覽室〉裡面那張下毒殺人魔阿申頓柏爵夫人的拙劣肖像畫不見了，不知何時被換成名畫『南大西洋』了！」

「是、是啊……我知道啊，因為我就在現場……」

「而且伯爵夫人的項鍊『毒花』被人從地板底下發現！究竟是怎麼回事啊？」

一彌板起臉，看著大聲喊叫，震耳欲聾的布洛瓦警官。

從警官面前快步走過，走進植物園深處一看，那個小女生——維多利加果然在那裡。還是蹲在那裡縮成一團，繼續玩泥巴。

「維多利加……啊，又沾了整身泥巴!?真是的，妳這個人怎麼講也講不聽啊？這麼漂亮的洋裝都……」

一彌一邊抱怨，一邊又拿水桶汲水過來，硬是抓住維多利加的小手開始嘩啦嘩啦洗了起來。維多利加雖然像小孩發脾氣般鼓著臉頰，還是乖乖讓一彌洗手。

從嘮嘮叨叨不斷抱怨的一彌背後，布洛瓦警官以不悅的聲音說道：

「久、久城同學，你不聽我說話嗎……？」

「咦？警官說了什麼？」

一彌和維多利加同時從水桶邊抬頭，仰望布洛瓦警官。

被鮮豔的南國繁花圍繞，金色鑽子頭閃閃發光。

張著小嘴仰望警官的維多利加，緩緩打開潤澤的櫻桃小嘴，說了一句：

「……獨角獸。」

「咦？喔，原來如此。這麼說來，看起來的確像是長了一隻角。維多利加，妳的觀察力真是敏銳啊！咦……布洛瓦警官，你為什麼滿臉通紅，難不成生氣了？」

布洛瓦警官的嘴唇顫抖，臉頰脹得通紅瞪著維多利加。怎麼會氣成這樣呢？覺得很不可思議的一彌交互看著兩人。布洛瓦警官小聲說道：

「……沒有妳說話的餘地。妳只不過是個安排好的傢伙！」

「警官，你在說什麼啊？」

「我、我什麼都沒說！」

在一彌注意警官的時候，維多利加又跑回去玩泥巴，再次弄髒好不容易洗乾淨的手。一彌正想抗議，維多利加似乎是要堵住他的嘴，以老太婆的沙啞聲音喃喃說道：

「久城，你不用回信嗎？」

正準備生氣的一彌閉上嘴，目瞪口呆盯著維多利加。

「回、回信？」

然後像是突然回過神，拍了一下手：

「對了。這麼說來，昨天的確收到二哥寄來的信。可是……維多利加怎麼會知道呢？」

維多利加興趣缺缺，「呼～」打了一個呵欠。雪紡紗紅醋栗色洋裝隨著動作搖晃，發出沙沙聲響。因為滿是泥巴的小手湊近嘴邊，薔薇色的臉頰也沾上泥土，一彌連忙掏出手帕幫她擦臉。維多利加卻像是趕走擾人的蒼蠅，雙手揮開一彌的手帕：

「這種小事沒什麼，甚至不需要用到泉湧而出的『智慧之泉』。因為那封信就從你胸前的口袋露出來。」

一彌連忙往胸前的口袋看去。今天早上離開宿舍房間時，的確把它放進口袋……

「你之所以特意放進口袋，要不是打算等一下看，就是猶豫不知該怎麼回信吧？混沌的碎片就這麼重新拼湊。也就是說——久城，你正為了這封信感到困擾。」

「喔……！」一彌欽佩地說道：

「維多利加，妳雖然是個怪人，但是真的很聰明啊！」

「唔？」

「妳說得沒錯。其實我正為二哥寄來的這封信感到煩惱。雖然是昨天晚上收到的，看過之後我就一直不知道該怎麼……」

「少說些有的沒的，拿來讓我瞧瞧。」

一彌從胸前口袋拿出信攤開，躲在棕櫚葉陰影後面的金色鑽子頭出聲抗議：

「喂！我先來的！你這樣太狡滑了！」

「……獨角獸生氣了。」

「別理他。好了，快拿來給我看。」

「嗯，好……」

一彌攤開信紙交給維多利加。維多利加「唔……？」了一聲，接過之後開始閱讀。

以不太靈光的英語寫成的信。老是在家裡搞些最有興趣的發明，悠閒度日的二哥，出了門卻是在公家機關工作，在外面就像是一個腳踏實地的人。這個二哥似乎為了學習，故意挑戰英文信。內容是簡單的近況報告，提到家人都好，院子裡有一棵樹枯掉，今年冬天非常寒冷等無關痛癢的內容。

最後還以拙劣的水墨畫，畫了一朵像是薔薇的花，還在薔薇的下方畫了一名女孩子。畫旁以小字寫著『要保密喲』。

一彌盯著維多利加的小臉，心想即便是維多利加，看到這幅莫名奇妙的畫和訊息也一定會舉手投降，沒想到維多利加卻「噗嗤！」一聲笑了出來。

一彌嚇到跳起來。說話狠毒，總是不苟言笑的維多利加，竟然會面露微笑。那個表情實在是可愛到令人訝異，讓一彌的胸口不由得怦怦亂跳。

「妳、妳怎麼了？」

「唔？這是你的二哥吧？讓我覺得有些好笑呢。」

「有什麼好笑的？」

一彌又看了一下信中內容。

反覆看了好幾次，還是無法理解。一彌搖搖頭：

「這是怎麼回事？這麼說來，是這張圖讓妳發笑嗎？我完全搞不懂是什麼意思。究竟要保守什麼祕密？」

維多利加嘟起潤澤的櫻桃雙唇，湊近一彌的耳邊，像要說什麼悄悄話。維多利加冷冽的氣息落在耳上，一彌不禁有點臉紅。維多利加毫不在意地以老太婆的沙啞聲音低聲說道：

「你的二哥有個祕密情人！」

「咦!?情人!?」

一彌以尖銳的聲音大叫。

「正是如此。而且他只把這件事告訴人在遠方的弟弟。」

「二哥有情人!?怎麼可能!?他可是只會戴著眼鏡發明東西的人耶!雖然食量很大!」

一彌急忙抓住信紙近看遠看，重複看了好幾遍。可是上面根本沒寫這件事。

一彌總算放棄，抬頭乖乖等待維多利加的說明。

風從天窗吹入。

搖曳的棕櫚葉發出聲音。

維多利加早就忘記一彌，繼續專心玩泥巴。最後終於滿足了，在水桶裡嘩啦嘩啦洗淨小手，抬起頭來：

「手帕拿來。」

「……可以是可以，可是妳要說明喔，維多利加。」

「說明?」

維多利加訝異地看著一彌，一邊以一彌遞來的手帕擦手，一邊回問：

「說明什麼?」

「祕密情人!」

「啊……怎麼，你還沒搞懂啊。你的腦筋真是不靈光，每天都很辛苦吧。」

「別管我!快點說明啦!」

嫌麻煩的維多利加嘆了口氣，只好勉勉強強開始說明。
「準備好了嗎？」
「說吧！」
「唔……首先，這封信是以英語寫成的。然後在薔薇花下畫了一名女孩子。在英語裡面，『薔薇花下』隱含『祕密』的意思。」
「喔……」
「就是這樣。也就是說你哥哥有個祕密女性友人，這件事要『保密』。應該是覺得不好意思……這樣你明白了嗎？」
一彌佩服地點點頭。
「明白了。不過……妳怎麼會注意到這種小地方？」
「什……」
一彌原來是打算讚美她，不知為何維多利加卻像聽到什麼失禮的話，板起一張臉，然後突然鄭重抗議：
「告訴你，久城，你以為我是誰啊？沒有我不知道的事情。這麼簡單的猜謎根本算不上什麼謎題！」
「唔……？」

看到維多利加勃然大怒，一彌也嚇了一跳，盯著一片通紅的薔薇色臉頰。然後像是突然想到什麼：

「這麼說來，二哥從以前就很喜歡猜謎。面對女性十分靦腆，甚至被妹妹——就是我的姊姊——抱住也會昏倒，可是腦筋非常聰明，是個在大學裡獲得數學教授讚賞的好學生。他的興趣就是發明。對了，他還曾經誇口說道，工作另當別論，要說到猜謎他可不會輸給全世界的任何人。哈哈哈！」

「……你說什麼？」

對於一彌隨口提及的話，維多利加形狀美麗的眉毛高高抬起，一彌不禁大吃一驚。

「維、維多利加……？妳、妳究竟怎麼了？」

「不過只是久城的哥哥，竟然也敢誇口世界第一！」

「和、和我沒關係吧！喂，妳……」

維多利加的拳頭因為憤怒而顫抖，最後「嗚呼!?」發出怪異的叫聲，便滾著離開植物園。層層荷葉邊交疊的襯裙與鼓脹的襯褲瞬間輕飄飄地從目瞪口呆的一彌眼前橫越。

「妳……？啊，怎麼又回來了。」

紅醋栗色的雪紡紗團又滾回一彌身旁，手中不知何時握著信紙、羽毛筆與墨水瓶。

在旁邊觀望，搞不清楚狀況的一彌眼前，維多利加的臉脹得通紅，一攤開信紙開始畫起白馬的畫。

「……妳要畫畫啊？」

「……」

「搞什麼，妳還真是反覆無常。妳在畫馬嗎？哈哈哈，真是夠醜了……好痛！不要捏我啦！哇啊，都瘀血了!?」

「我才不是在畫圖。我是要向你在海洋另一頭的蠢哥哥挑戰！」

「他才不蠢呢。我就算了，二哥他……咦，挑戰？」

一彌突然睜大眼睛，仔細端詳維多利加畫的畫。

那是——

山頂的白馬。一彌記得曾經看過。那是位於英國伯克郡某座山上，很久以前畫上去的巨大白馬，也是相當有名的觀光勝地。

「唔……那這張圖呢？」

維多利加在另一張紙上畫著某種圖案。一彌偷看了一下——

逗趣的驢子，而且是畫得很爛的驢子。

「這張圖是怎麼回事？嗯？妳又寫了什麼？」

「吵死了。不要妨礙我。」

維多利加對一彌的抗議充耳不聞，專心寫著什麼。在圖畫的下面以流利的英語寫上幾句。一彌把它唸了出來：

「什麼什麼……『重新拼湊這張笨拙的驢子畫，讓牠變身成為美麗的白馬。五分鐘之內完成。這是命令。維多利加上。』……妳啊，這也算猜謎？這就算了，妳寫『維多利加上』，二哥也不知道是誰啊……為什麼瞪我？啐……我知道了。」

一彌拗不過維多利加，只好接過她遞來的信紙，在角落加上幾個字：

「這邊的狀況一切如舊，薔薇下的事情我也懂了。還有我在這裡和一個小女孩成為朋友，她非常聰明，出了一個謎題給你。雖然我也搞不太懂，還是寄回去給你……」等等內容。

維多利加滿意地點點頭，似乎總算心滿意足。一彌的內心想著：「真是孩子氣。怎麼這麼不服輸……」不禁放棄地嘆了一口氣。

維多利加似乎終於冷靜下來，嬌小的身材以貴婦般的優雅儀態坐著。緩緩拿起白色陶製菸斗，點火湊近小小的嘴唇，吸了一口。

突然說道：

「……關於阿申頓伯爵夫人肖像畫那件事……」

「妳還記得啊！」

布洛瓦警官一邊呼喊，一邊把鑽子頭頂了過來。

比剛才更為明亮的陽光照入植物園，把鮮綠的葉子照得耀眼眩目。春風從天窗輕柔吹入，樹木與花朵隨風搖曳。

白色細煙從維多利加啣著的陶製菸斗裊裊往天窗升去。

一彌再度和布洛瓦警官肩並著肩，摒息以待維多利加的下一句話。

「久城，你懂拉丁文嗎？」

「完全不懂。」

布洛瓦警官也苦著臉左右搖晃鑽子頭。

「拉丁文裡有『Pentiment』這個字，直譯就是『後悔』。當然拉丁文現在已經不在日常生活當中使用，這個字也很少代表原本的意義。然而語言可以被賦予不同的意義而存活下來。即使薔薇花因為某種理由從這個世界上消失，『薔薇花下』這種用法也會繼續流傳下去吧。以薔薇的後代身分……這是相同的道理。」

「……究、究竟是怎麼回事？」

「『Pentiment』這個拉丁文，現在以美術用語的身分流傳下來。也是畫家後悔時所做的行為。聽好了，畫家在已經畫在畫布的畫上，再畫另一張畫蓋上去。這是發生在先前畫的畫是失敗作品的時候，也發生在想要隱藏先前的畫的時候。」

維多利加將菸斗拿開嘴邊，緩慢、慵懶地轉身朝向這邊。

一彌像是入迷地盯著那對因為從沒見過的深深倦怠，顯得一片朦朧的淡綠色眼眸。沒有任何表情，和方才孩子氣地為了一點小事發怒，通紅的臉龐判若兩人。簡直就像早已滅絕的珍奇生物標本，令人想到玻璃珠的綠色眼眸一動也不動。可是裡面蘊含令人戰慄的負面力量。一彌好像是被巨大猙獰的生物盯上，無法將目光從她身上移開。

「畫家之後畫上去的畫，經過一段時間，顏料可能變得透明，甚至消失，於是原來的畫就會突然出現。這種現象就稱為『Pentiment』。」

一彌訝異地與布洛瓦警官對望。

「咦？那麼說來，究竟是怎麼回事……？」

「掛在〈打不開的閱覽室〉牆上的畫沒有被人掉包。過去有某人為了隱藏名畫『南大西洋』，在上面畫上拙劣的肖像畫。因為顏料掉色，原本的名畫浮現出來，如此而已。」

「是、是誰幹的？」

維多利加不耐煩地看著一彌，小巧可愛的鼻子哼了一聲，以令人討厭的高傲態度繼續說：

「那還用說，當然是奎亞那囉。偷走名畫『南太平洋』，偷走阿申頓伯爵夫人的項鍊『毒花』的人，都是奎亞那。他把名畫藏在學園裡時，想到可以在上面畫上別的畫。然後就以藏在學園裡的項鍊之主作為主題，畫了一張肖像畫。告訴你，沒有人知道究竟是誰，何時掛上去的閱覽室繪畫裡面，隱藏著這個祕密。」

植物園中充滿寂靜。

天窗射入眩目的陽光。

和煦的春風吹得棕櫚葉發出沙沙聲響。

維多利加口中的陶製菸斗升起一縷細白的輕煙。

有好一會兒沒有任何人說話。一彌只是訝異盯著維多利加小巧可愛的臉，維多利加則是一臉不在乎，默默不發一語。

「好了……走吧。」

一臉比任何人都要驚訝的表情，布洛瓦警官總算重振精神，然後慢慢背對植物園，加快腳步，簡直像是逃命一般往油壓式電梯走去。

一彌回過神來，對著警官的背影抗議：

「警官！你又在借用維多利加的智慧之後，佯裝不知就想走嗎？今天我非逼著你向維多利加道謝不可。警官、警官……」

「你胡說什麼？久城同學，我只是正好待在這裡。」

布洛瓦警官嘴裡碎碎唸著一彌早已聽過好幾次的藉口，衝進電梯裡面，關上黑色鐵門。

「……古雷溫。」

維多利加突然以老太婆的沙啞聲音開口。被叫住的布洛瓦警官肩膀抖了一下，翻翻白眼往維多利加的方向問道：

「……幹、幹什麼？我可是很忙的。因為我必須把奎亞那藏在學園裡的寶物全部找出來才行。好了，我得回去了。」

「真是可惜，恐怕你再怎麼找也找不到這個吧，古雷溫。」

維多利加把不知道從哪裡拿出來的小布袋丟向布洛瓦警官。雖然她的動作很大，布袋卻在距離維多利加不到一公尺的地方落地。無可奈何的一彌只好把它撿起來，走到布洛瓦警官面前交給他。

那是上面繡著花朵圖樣的小袋子。布洛瓦警官驚訝地盯著它好一會兒，突然驚叫出聲，拿出奎亞那贓物清單，開始和袋子比對起來。一彌也從旁邊探頭過去。

上面有和維多利加丟來的袋子十分接近的畫。那是著名的植物獵人在南美內陸採集來的珍貴花種……

布洛瓦警官急忙打開袋子看了一眼，然後轉過來抖一抖……沒有任何東西。

「空的！」

布洛瓦警官大叫。

轉頭面對在植物園裡，以一動也不動的綠色眼眸盯著這裡的謎之美少女。

「種子呢！」

「……吃掉了。」

「吃吃吃吃掉了？妳、妳是松鼠嗎？不要騙我！」

「真的。相當美味。我最大的敵人就是無聊，吃些和平常不一樣的東西，挺驚奇的。」

維多利加說完之後滿足地點頭，轉身背對這裡。可以看到她的菸斗冒出的一縷白煙正在微微顫動。八成是在一邊發抖一邊忍住笑意吧……

喀噠、喀噠——！

鐵製電梯發出尖銳的聲音往下降。一彌戰戰兢兢地看著兩人，布洛瓦警官不甘心的臉隨著下降的鐵柵欄消失在一彌的視野裡。

「那麼昂貴的種子，妳真的吃掉了？沒有吃壞肚子嗎？」

「……」

維多利加抬頭望著跑回植物園的一彌，小巧可愛的鼻子哼了一聲當作回答。滿臉訝異的一彌沉默了好一會兒，終於說出一句：

「從來沒看過布洛瓦警官那種表情呢！」

「久城……你喜歡漂亮的花吧?」

「花?」

一彌愣愣回問,稍微想了一下。

「嗯,我喜歡花。在祖國的時候,媽媽都會整理庭院。各個季節都有不同的花盛開,非常美麗。不過這個植物園也很不簡單。妳呢?」

維多利加沒有回答,又哼了一聲。

一彌無法了解這段對話的意義,充滿疑惑地看著維多利加。每當她沉默下來,就開始擔心自己待在這裡是不是顯得很礙事。

(事件解決了,我也沒機會再來了吧……)

維多利加又開始裝作不知道,繼續看書。她同時閱讀好幾本書,而且以驚人的速度不停翻頁。一彌不知為何對於這個怪異的嬌小少女感到依依不捨。

(無論如何,我總不可能每天爬上那座不得了的樓梯。可能再也沒有機會遇到這名不可思議的少女……似乎有點寂寞。可是……)

「久城。」

埋頭在書堆的維多利加,頭抬也不抬叫了一聲。

「大約十天吧。十天之後。」

「嗯？咦……妳怎麼了？臉有點紅喔。」

「才、才、才不紅！大約十天之後！」

「明明就是紅的……什麼？十天之後？」

「那個……再過來吧。」

一彌嚇了一跳，但是過了一會兒，整個表情亮了起來。

「可以嗎!?」

「……十天之後再來，看看那裡吧。」

「那裡？」

一彌詫異地看向維多利加指的方向——那是植物園的泥土，今天一早維多利加一直在玩泥巴的位置……

維多利加抽著菸斗說道：

「十天之後，那裡就會開出珍貴的南國花朵。你就過來看吧。」

「啊……!?維多利加，妳把它種了!?」

「不，那個，我沒有注意。因為裝有種子的袋子掉了，所以才會種下去。結果出現在那張清單上面……」

維多利加的臉一片通紅，拚命揮舞自己的小手。一彌啞口無言，維多利加獨自慌慌張張說著藉口，最後也閉上嘴巴，用手按住通紅的臉頰。

棕櫚葉搖曳。

春風溫柔吹過，吹動菸斗的輕煙。

心中有點高興的一彌對著維多利加說道：

「那麼我還可以再來囉?·妳不會覺得我很吵，給妳帶來困擾嗎?」

「……」

維多利加沒回答，只是哼了一聲。斜眼瞄了一下笑容滿面的一彌，不悅地板起臉，像是有話想說張開嘴巴。

可是潤澤的櫻桃小口說不出如同以往嚴苛，因為沙啞的聲音顯得粗暴的話。維多利加閉上嘴，又哼了一聲。

有如解開的天鵝絨頭巾，維多利加的美麗金髮隨著天窗吹來的風飄動。棕櫚葉也發出沙沙聲響不停搖晃。

一彌轉身背對著她，打算離開植物園。扶著迷宮樓梯帶有捲葉裝飾的扶手，再次回頭，一彌瞬間看見幻影。

灰色的圖書館塔。位於最上方的不可思議植物園裡，珍奇的異國花朵發芽開出鮮豔的花。天窗的風吹動那朵不可思議的花。而賞花的人，是本身就有如不可思議的異國花朵，嬌小怪異的少女維多利加，陪伴在她身邊的人則是自己——

有如守護不可思議花朵的祕密園丁，一彌只能凝望披散荷葉邊有如各色花瓣，端坐在地上的維多利加——

當一彌因為瞬間的幻影發呆之時，在植物園深處裝作若無其事的維多利加略微抬起頭——兩人的視線相交。

一彌屏住呼吸，只是望著維多利加。因為一彌一直保持沉默，讓維多利加詫異地看著他，最後才以老太婆的沙啞聲音，混著無聊至極的嘆息聲說道：

「告訴你，我一直都在這裡。有事的話，就沿著迷宮樓梯爬上來吧……！」

6

和煦春風吹過校園，吹動花壇中恣意綻放的花朵，以及青翠的草地。

離開圖書館，走在白色細石路上的一彌，在校舍前停下腳步。正好遇到布洛瓦警官的兩個部下，一個拿著阿申頓伯爵夫人的項鍊「毒花」，另一個拿著名畫家的作品「南大西洋」，正打算把它們帶走。

來自英國的留學生艾薇兒．布萊德利惋惜地目送它們。從背後緩緩接近的一彌，注意到艾薇兒不是看著亮晶晶的項鍊，而是望向那幅繪畫，於是出聲問道：

「我一直以為女孩子應該喜歡寶石勝過繪畫。」

像是嚇了一跳回頭的艾薇兒，看到一彌便堆起滿面笑容。然後她以修長的手指向繪畫：

「那張畫是南大西洋的海對吧？好美的海……！其實我的冒險家爺爺，已經去世了。」

「嗯……」

和艾薇兒並肩走在一起的一彌點點頭。一彌還在國內時，也曾經在報紙上看過有關布萊德利爵士死亡的報導。

知名的冒險家在六十歲生日之後的某一天，搭上熱氣球……沒錯，的確是這樣……

「他搭乘熱氣球進行橫越大西洋的冒險旅行，就這麼消失在茫茫大海裡。雖然有很多人說他的行為魯莽，一定是傻了……可是當我看到那張畫，就覺得那片海洋真是美麗……」

艾薇兒的笑容帶著悲傷。大大的藍色眼珠帶著眼淚，一彌急忙找出手帕遞給艾薇兒。艾薇兒拿來擦過眼淚之後，又嘶──嘶──擤了鼻涕，這才還給一彌。

「熱氣球雖然消失在海裡，但是爺爺死前一定是看著那麼美麗，有如樂園的蔚藍海洋──我是這麼覺得。嘿嘿嘿……」

「艾薇兒……」

一彌一邊心想「待會兒再洗吧……」一邊把手帕塞回屁股的口袋裡。

花壇中恣意綻放的花朵，傳來甜美清爽的香氣。兩人的鞋子每踏上一腳，細石路就發出細小的聲音。

艾薇兒以彷彿花朵盛開，毫無陰霾的爽朗笑容對著一彌說道：

「我也想要像爺爺一樣，到遙遠的地方到處冒險。對了，久城同學生長的國家，一定也很棒吧？希望我有一天也可以去那裡……！」

「咦……還是第一次有人對我這麼說。這個學園裡的學生，好像都認為海洋另一端的國家是恐怖的未開發地區。畢竟我的綽號就是『死神』。」

「是這樣嗎？」

「咦？妳還不知道啊？慘了……」

看著一彌不知如何是好的表情，艾薇兒嗤嗤笑了。

「未知的東西總是讓人感到詭異，尤其是蘇瓦爾的貴族女孩都是這樣。可是我卻愛得不得了——未知的國家、未知的文化。其中一定有令人興奮的發現。與歐洲相比，在地球另一頭的東西，我覺得一定非常不可思議！」

走在她旁邊的一彌想著另一位少女。艾薇兒提到的「蘇瓦爾的貴族女孩」——

「久城同學，總有一天我……」

別說是蘇瓦爾，從來不曾踏出圖書館塔最上方的不可思議植物園，嬌小，怪異，輕鬆說出一連串狠毒話語，有如神祕花朵的少女——

「總有一天我會到遙遠的地方……」

維多利加——

被有如花瓣的豪華衣裳包圍，擁有令人驚異的聰明才智的維多利加——

「久城同學，你有沒有在聽啊？」

「……咦？啊，有啊。」

一彌終於回過神來。艾薇兒對著發愣的一彌，板起臉來像是受不了他，最後還是笑了。

稍微強勁的風吹過。

仍然帶有些許寒意的春風——

柔和的陽光灑落在校園，溫柔照亮佇立其中的一彌烏黑的頭髮……

特別喜愛怪談的留學生艾薇兒．布萊德利在幾個星期之後，向久城一彌說起幽靈船〈QueenBerry號〉之謎。維多利加與一彌被捲入與這艘船有關的怪異事件，展開一段驚險的冒險旅程。

第二件冒險則是與知悉維多利加出生的祕密，隱藏在深山裡的〈無名村〉相關事件。

第三件冒險是一彌也涉入其中，發生在蘇瓦爾首都蘇瓦倫的大量失蹤事件〈消失在黑暗中的人們〉——

第四件冒險是關於在聖瑪格麗特學園歷史灑下陰影的鍊金術師利維坦的醜聞——

維多利加和一彌在往後的幾個月裡，經歷了一件又一件的冒險。

各自的心緒乘風飛翔，兩人共度的季節也從春季進入夏季。

學園即將迎接漫長的暑假。

就在暑假的第一天，二哥寄來的回信送到一彌手上。上面寫著維多利加所出的謎題〈小馬拼圖〉的答案，以及二哥向維多利加挑戰的新謎題。圍繞著這個謎題的維多利加與一彌，以及另一名少女的夏日回憶——

但是，那又是別的故事了——

死神尋覓金花

1

一九二二年冬天——

西斜的太陽照著窗戶玻璃以及織錦窗簾，在古色古香的城堡窗上落下暗沉陰影。

升上西方天空的蒼白月亮，照耀宛如巨大石塊的城堡——布洛瓦城高聳的尖塔、突出的窗戶、奢華的玄關，一切有如黑白雙色構成的巨大木版畫，露出鮮明的輪廓。

西歐的冬天非常寒冷，尤其是在這種聳立在森林深處，自中古世紀遺留至今的古老石砌城堡，更是顯得酷寒……！

圍繞城堡的美麗庭園，雖然出自於首都蘇瓦倫的老經驗園藝造景設計師之手，但在枯槁的冬季已經看不出任何蹤影，只有銅色山毛櫸樹枝以及在細雪中不安顫抖的玫瑰樹苗圍出範圍，蕭條的夕暮蔓延開來。

暮靄越來越近，蔓延在周圍的冬日寒意……

城堡周圍有身穿藍白制服的年輕女僕、挺直背脊的年長管家、身穿筆挺制服的年輕僕人、體型龐大的廚娘……似乎是從城裡三三兩兩跑出來，數量驚人的大群僕役通通聚在一起。他們全都把雙手合握在胸前，肩並著肩像是受到驚嚇，仰望相同的地方。

布洛瓦城一角的不祥細長高塔。內部有什麼東西，在城堡漫長的歷史之中有過各種傳說。尤其是在中世紀戰亂時代的許多悲劇、慘劇以及陰謀裡占有一席之地的布洛瓦城高塔——

所有的人屏住呼吸，繃著臉仰望高塔。

高塔上面……有個東西緩緩降下，似乎打算將它放在於下方等待的大型馬車上。

好像鐵籠的四方形物體。

不，那的確是鐵籠。

被奶油色與綠色交錯的異國風格波斯布料包裹的大籠子，慢慢從塔上降下。好似有野獸在某處不時發出呻吟般的「嗚嗚——」聲。

混有細雪的冬季寒風吹起。

鐵籠嚴重搖晃。

每次只要一搖晃，仰望它的僕役就好像受到威脅，齊步往後退。

嗚嗚——

嗚、嗚嗚——

有如野獸哀鳴的聲音響起。

那是從鐵籠裡傳來的聲音！只要籠子一在冬季乾冷的風中搖晃，波斯布料遮掩的籠中動物便痛苦地朝著夜空哀鳴。

「啊！」

一個年輕的女僕——人稱「貴夫人的貼身侍女」，臉頰泛紅的年輕少女不禁打算衝向嚴重搖晃的鐵籠，卻被年長粗壯的打掃幫傭抱住：

「去不得啊。那已經不關妳的事了。」

「可是……」

「一切都結束了。」

打掃幫傭搖晃充滿脂肪的粗壯身軀如此說道。靠過來的年長管家，也板起滿是皺紋的臉：

「那個馬上就要不復存在。不要多生事端。」

「可是……」

「那個野獸已經不在了。這裡又會恢復和平。」

其他僕役點頭贊同管家說的話。貼身侍女一臉泫然欲泣的表情，回頭望著鐵籠。

鐵籠落在巨大的馬車貨台上。或許是被震動嚇到，鐵籠裡的東西沒有發出任何聲音。

車夫以嚴肅的表情點頭。

劈啪一聲揮動黑色馬鞭，不祥的黑色馬匹發出尖銳的嘶叫，吃驚地以前腳踢動細石道，一起往前奔馳。

漆黑巨大的馬車載著波斯布料包裹的不祥鐵籠，從布洛瓦城往森林的方向遠去……

僕役們一起鬆了口氣，一個一個離開庭院，回到自己的工作崗位。打掃幫傭拍拍貼身侍女的肩膀，邁步離開。

一個人留在原地的少女喃喃說了一句：「為什麼……？」

可是她也為了回到新的工作崗位，慢慢走開。從今晚開始就有新的工作，必須牢記新工作該做的事，少女沒有多餘時間可以感傷。自己必須撫養年幼的弟妹，她非得工作才行。

「可是……」

她突然停下腳步，仰望空無一人，不祥的細長高塔。

不斷搬運「三種東西」前往塔上房間的日子——

再度邁步前進的少女喃喃說道：

「那個灰狼是人類。」

細雪飛舞，少女的喃喃自語被冬天的風吹得無影無蹤……

「是個可怕的人類——！」

2

蕭瑟的冬季早晨。

聖瑪格麗特學園——

在自從中世紀以來一直被黑色森林環繞的寒冷石砌布洛瓦城庭院裡，用馬車載走的不祥鐵籠消失在森林裡的隔天早晨。

這裡也是從中世紀之後就沒有任何改變，位於阿爾卑斯山脈山腳村落附近，依靠山裡的平緩的坡度，占地寬廣，歷史悠久，專為貴族子弟設立的名校聖瑪格麗特學園。這天早晨為了迎接難得的訪客，一個年輕教師緊張端坐。

位於空中俯瞰呈ㄈ字型的校舍一樓，為了迎接高貴訪客所設立的豪華會客室。在距離窗口最遙遠的房間深處，有名壯年男子坐在飾有卷葉裝飾，作工精緻的椅子上，他的眼前有位年輕女性坐在簡樸的教職員椅上。兩個人默默相對。

女性的娃娃臉很容易被誤認為是學生，看起來有些眼尾下垂的棕色眼眸，戴著大大的圓眼鏡。留著一頭及肩的蓬鬆棕髮。

這位女性教師名叫塞西爾，不久以前還是這個學園的學生。雖然年紀輕輕，也沒有什麼經驗，卻是十分受到學生歡迎的教師。

她從剛才就睜大眼眸，盯著眼前這個獨自坐在早晨的陰暗房間角落，身上散發前所未見的不祥預感，卻又極為英俊的男子。

燦亮金髮綁成馬尾垂在背後，襯衫搭配貼身馬褲，手上拿著細長馬鞭的高貴男子坐在有著卷葉裝飾的椅子上。他正是與傳言符合的布洛瓦侯爵——在貴族之中擁有過人的權力，對政治極有影響力，而且在先前的世界大戰曾經完成重要使命，神祕又令人害怕的男子。

布洛瓦侯爵的右眼掛著高度數的單片眼鏡，完全破壞無與倫比的俊美外表。上面有著繁複的銀色裝飾，彎成形狀怪異的單片眼鏡——厚得嚇人的鏡片將不祥的綠色右眼擴大到詭異的地步。眼眸有如亡靈朝著前方逼近。膽怯的塞西爾一句話也說不出來，只是乖乖坐著。

「……小姐。」

高貴不祥的男子終於開口說話，被鏡片放大的眼眸稍稍瞇起。

「是、是的。」

塞西爾以緊張的聲音回應。

「妳應該養過動物吧？」

「……動物？」

塞西爾忍不住回問，然後想起小時候的記憶：「呃——我養過狗、鳥還有撿來的蛇。因為媽媽嚇昏了，所以爸爸要我把牠丟掉。還有貓，還有、呃……」正當她扳手指計算之時，卻被不耐煩的聲音打斷。

「那就夠了。」

「咦？」

「我想要請妳照顧一匹狼。」

塞西爾大吃一驚。

「狼……？」

布洛瓦侯爵輕輕笑了。

「是的。」

眼鏡深處的綠色眼眸突然睜大：

「一匹小小的灰狼。」

然後伸手指著塞西爾手中的文件。

「我就是在說她。」

「啊……？」

塞西爾驚訝地回問，盯著手中的文件。

上面詳細寫著身為布洛瓦侯爵嫡出的十二歲少女相關資料。那是昨天晚上送到的新生文件，塞西爾也趁著晚上的時間看過。布洛瓦家的小女兒維多利加・德・布洛瓦——她之前似乎沒上過學，不過這在貴族子弟之間並不罕見。他們大多數是由專門的家庭教師負責教育。

問題是……

從昨天晚上到今天早上來到學校之後，還沒有人看過這個女孩……文件上面也沒有任何照片。塞西爾不禁開始想像她是一名什麼樣的女孩。

「您的玩笑開得太過分了，侯爵。」

對於塞西爾認真的抗議，感到驚訝的布洛瓦侯爵瞇起鏡片後方的眼眸。

「……妳說什麼？」

「怎麼把女兒說得好像動物一樣。這在教育上來說不是很好。」

「呵。」

侯爵對於塞西爾的憤慨嗤之以鼻。他站起身來，隨口應了一句：「我用不著理會妳的感慨。」起身的布洛瓦侯爵充滿不祥與怪異的能量，讓跟著從椅子上站起來的塞西爾往後退。

侯爵面露微笑，把臉湊近膽怯的塞西爾：

「雖然是名職業婦女，仔細一問還是貴族的女兒，所以才會託給妳照顧。我的女兒是野獸，傳說中的妖獸。如果珍惜自己的生命，千萬不要忤逆她。懂了嗎？」

「這、這是威脅……」

「不要搞錯了，我這種人的怒氣不會縮短妳的生命。我的女兒是野獸。要是不想被狼咬斷喉嚨，千萬別把我的話當玩笑。只需要最低限度的照顧，之後就是保持安全距離。」

「距離……？」

「不要接近那個，還有不要讓任何人接近。那個非常危險。喏，有沒有聽到……」

布洛瓦侯爵瞇起鏡片後方的眼眸，像是在威脅塞西爾。然而單薄又毫無血色的嘴唇浮現笑意，像是樂到無法遏抑。

「野獸正在哀鳴……！」

雖說是冬日晴朗舒爽的早晨，天色卻越來越暗。不知何處傳來狗不安的叫聲。好像受到驚嚇的鳥群一起飛起，發出詭異的振翅聲高飛遠走。

「牠們注意到了。那個來了……！」

「您、您是指什麼？」

「就是那個野獸。沒錯，就像今天早上這些動物一樣，總有一天世界會注意到那個的存在。沒錯，你們到時候就像這些受到威脅的鳥群，一起飛離歐洲吧。這些該死的，從新大陸來的人——！」

「侯、侯爵？」

會客室陷入一片寂靜，侯爵突然回過神來，低下頭。

他轉頭看向塞西爾驚懼看著自己的圓眼鏡，湊近蒼白美麗的臉：

「有三種東西絕對不能少。在塔裡的時候是由貼身侍女負責運送，從現在開始就由妳每天運送。」

「運、運送什麼東西？」

「首先，第一種是……」

侯爵瞇起眼眸。

不知何處又有鳥兒飛起。好像學園裡的動物一起逃亡，自然界騷動不已的怪異早晨——

布洛瓦侯爵以低沉的聲音喃喃說道：

「第一種是……書！」

3

布洛瓦侯爵打道回府之後，早晨的學園終於重返冬季晴朗早晨的明亮清爽。陽光從法式落地窗照進一片黑暗的會客室，可以聽到遠處傳來小鳥的鳴叫聲。

「……呼！」

塞西爾用力吐氣。解除緊張氣氛之後，笑容重返那張孩子氣的娃娃臉。

「啊，嚇死我了。我還以為傳說中的侯爵不知道是個什麼樣的人，沒想到竟然是個這麼恐怖的人！」

口中一面唸唸有詞一面收拾文件，開始往前走。

學生三三兩兩經過早晨的走廊。「塞西爾老師早安！」、「早安！」貴族子弟彬彬有禮卻又充滿活力地向塞西爾問好。雖然她帶著滿臉笑容一一回禮，心裡卻莫名感到不安，偶爾低頭看著自己的腳邊。

（不知道是什麼樣的女孩，竟然被親生父親說成是狼。究竟……）

過了數分鐘之後，塞西爾終於知道這個問題的答案。

在學園的廣大校地裡，有一片模仿法式庭園的寬廣區域。經過整修的草地、施以纖細裝飾的噴水池，以及人工建造的廣大花壇，還有散布各處的長椅和涼亭，春天有松鼠會爬到上面，左右張望四處奔跑。但是牠們現在應該在遙遠的森林裡冬眠，沒有見到牠們的身影。

在庭園深處，孤伶伶蓋起一棟幾個月之前還不存在的小型建築。

有如在童話當中出現的糖果屋，色彩鮮豔可是帶著某種怪異的建築。這棟一樓和二樓以鐵製螺旋樓梯相連，小巧玲瓏的建築，要讓普通人來住實在是太小了點。似乎經過正確測量之後再縮小建造的模樣，的確相當不可思議……

塞西爾站在小巧玄關，輕輕握住令人聯想到剛出爐的瑪芬蛋糕，呈現可口顏色的門把——冰冷門把帶有冬季寒氣。塞西爾嘴裡嚷著好冷好冷，下定決心轉動冰冷門把，進入屋內。

糖果屋——在布洛瓦家的要求之下趕工，那名女孩的特別宿舍——裡面充滿沉重的黑暗，相較之下剛才的會客室根本就是小巫見大巫。猶如漆黑沉重的布料蓋在頭上，不斷收縮一般令人喘不過氣……！塞西爾倒吸一口氣，緩緩朝黑暗踏出腳步。

屋子裡充滿稍微縮小的可愛家具。塗上亮光漆的小矮櫃，窗邊的搖椅，綠色的貓腳桌上放著小巧的銀餐具與可愛的繡花桌巾。可是到處都沒有看到小小特別宿舍的主人，布洛瓦侯爵的么女——維多利加・德・布洛瓦。

暗影發出呻吟。

暗影注意到闖入者，一動也不動盯著塞西爾。只見暗影不停逼近過來，好像要將塞西爾吞噬。塞西爾的雙腳癱軟動彈不得，瞇起棕色的眼眸……注意到在暗影的另外一頭，堆滿房間深處的東西。

那些東西和這個可愛的房間一點也不搭調。

感覺到強烈的對比。

——那是成堆的大量書籍。

皮革封面的厚重書籍到處堆積如山，令人喘不過氣來的知性空間。所有的書都是拉丁語寫成的中世紀宗教、數學、化學以及歷史書籍……即便是身為教師的塞西爾也不禁躊躇不前，非常難懂的書籍。

布洛瓦侯爵不祥的聲音在塞西爾耳邊復甦。

〈第一種是書……！〉

侯爵的女兒就在暗影的深處。塞西爾嚥下一口口水，下定決心踏出一步，像是踏入黑暗之中一般前進。

好像踩到什麼東西，耳朵聽到沙沙的聲響。

塞西爾輕輕抬起腳，蹲下來盯著自己踏到的東西——不由得瞪大眼睛。

那是灑上大量肉桂粉，看起來相當美味的……MACARON。

塞西爾一臉疑惑，目光凝視暗影的另一端。

MACARON、巧克力糖以及動物形狀的棒棒糖，以暗影中央某個東西為中心呈放射狀散落。塞西爾站起身來，想起布洛瓦侯爵所說的話。

〈第二種是「甜點」……！〉

〈還有第三種是……〉

塞西爾一邊踏進暗影之中，不由得發出聲音：

「荷葉邊！」

暗影的另一頭顯得更加黑暗，可以感受到和剛才的侯爵一樣……不，和那種程度來說簡直是無法比擬的強烈負面力量。塞西爾因為太過害怕，甚至無法發出任何聲音。就像是通往冥界的入口在此敞開，陰暗沉重的真正黑暗。

塞西爾的雙腿抖個不停，停下腳步。

黑暗深處的那個東西，正在抬頭盯著塞西爾。

閉上眼睛側耳傾聽，可以聽到細細的衣料摩擦聲。那個東西已經發現塞西爾，正在慢慢移動。塞西爾拚命思考在那一瞬間映入眼簾的東西。的確如同布洛瓦侯爵所說，那個……可怕的生物……

遭到純白的層層豪華荷葉邊包圍。

塞西爾慢慢睜開眼睛。

那個近在眼前。她「啊！」叫了一聲。

一瞬間，塞西爾完全忘記那個是布洛瓦侯爵的小女兒，忘記有人告訴她有關這個國家自從中世紀以來流傳的灰狼傳說，忘記詭異的暗影。眼前坐在那裡，以細長的淡綠色眼眸仰望她的東西是……

精巧的陶瓷娃娃。

絲絹金髮有如解開的天鵝絨頭巾垂落在地，形成一道耀眼的瀑布。小巧呈現薔薇色的臉頰。翡翠綠的眼眸有如昂貴的寶石閃閃發亮。漆黑的法國蕾絲與三層白色荷葉邊層層疊疊的奢華洋裝。小巧的頭上戴著綴飾珊瑚，有如皇冠的迷你帽子。

這個陶瓷娃娃……不，應該說是看起來像是洋娃娃的少女，臉上完全沒有表情與感情，四肢攤開，像個遭到丟棄的玩具一般滾落在地。只有穿著蕾絲鞋的小腳丫，輕輕抖了一下。

少女──維多利加．德．布洛瓦突然睜開綠色眼眸，往上盯著塞西爾。

心裡想著該說些什麼的塞西爾急著張開嘴巴，可是乾涸的喉嚨卻發不出聲音。

過了好一會兒，少女終於有如受到操作的人偶，以不自然的動作張開櫻桃小嘴：

「妳是什麼人？」

「！」

塞西爾倒吸一口氣──聲音和有如陶瓷娃娃楚楚可憐的美麗外表截然不同，沙啞低沉的聲音簡直有如老太婆，話中還帶著悲傷……

但是怪異的聲音和少女綠色眼眸浮現的不可思議光芒──哀傷，安靜，猶如活過百年歲月的老人──異常搭調，塞西爾不禁感到畏懼。恐懼再度襲上塞西爾，因為維多利加每次輕輕移動身體，就像本能感受野獸接近的小動物一樣，讓塞西爾的心臟為之一揪。

「妳是敵人嗎？」

老太婆的聲音再度詢問。

層層疊疊的白色荷葉邊沙沙作響，像是在刺激因為太過恐懼而無法作答的塞西爾。

塞西爾拚命搖頭，發不出任何聲音。

好不容易可以發出聲音，塞西爾以顫抖的聲音喃喃說道：「洋、洋娃娃……？」聞言的維多利加眼眸突然發出危險光芒，因為太過憤怒使得眼眸的顏色變得更深：

「沒禮貌！」

「那、那個……」

「我的名字是維多利加．德．布洛瓦，是貨真價實的人類。」

「是，那個……」

還想說些什麼的塞西爾，突然「呀！」大叫一聲。因為維多利加的小手抓起厚重的書籍丟了過來。塞西爾急忙彎下腰，書本打到牆壁發出巨大聲響，掉落在地。

一切重返寂靜。

維多利加小小的身體不停顫抖，發出有如野獸的咆哮。塞西爾發出尖叫，可是完全被蓋過。塞西爾終於聽到維多利加的叫聲，這隻小野獸正在叫道：

「無聊啊！」

「為、為什麼……?」

「這裡所有的書,我全都看過了,不夠。多拿一些,再多拿一些。拿書來。無聊啊。我好無聊啊!」

塞西爾背對恐怖的少女,開始奔跑。即使絆到東西依然從黑暗中飛奔而出,逃離那個像是娃娃屋、有如玩具的房子。

戰戰兢兢回頭,咆哮已經停止,只看到可愛的小糖果屋孤單矗立。

冬季晴朗的天空在受到驚嚇軟倒在地的塞西爾頭上,投下暖洋洋的日光。

4

「腰、腰好痛啊……!」

過了一個月之後。

漫長的歐洲冬季終於接近尾聲,大家慢慢換上薄一點的衣服。這個季節距離春假越來越近,學生和老師的心情都有點浮動,氣氛也顯得熱鬧。

塞西爾握拳捶捶自己的纖腰，搖搖晃晃走進位於ㄈ字型校舍深處的教師辦公室。

從塞西爾還是學生就在學校任教的年長教師笑著說道：

「走路晃來晃去，怎麼啦？一點也沒有年輕的朝氣啊！朝氣！」

「這個嘛，老師……」

塞西爾不穩地坐回自己的位置，趴在桌子上。年長教師似乎有些擔心：

「究竟怎麼啦？」

「沒有，沒事——只是有點……」

「有點？」

「書太重了——」

年長教師連忙準備逃跑，說了一句「喔，那個、那個啊……還是同樣身為女性，而且年輕有力的教師比較適合這個工作啊。哈哈哈……」便站了起來。

塞西爾恨恨地瞪了他一眼：

「真的、真的好重啊……」

「唉呀，加油吧！」

「唔……！」

——在那之後一個月，塞西爾每天早晚都要前往聖瑪格麗特大圖書館，抱著大量的書籍，搬到那個娃娃屋。那個學生，詭異的灰狼維多利加從來沒有上過課，只是命令她把書帶去。書籍、甜點以及豪華的洋裝——看來維多利加賴以維生的糧食很明顯和普通人不一樣。

塞西爾也逐漸習慣黑暗以及可怕的沙啞聲音，但是還是和少女不熟。即使塞西爾找她說話，也沒有任何稱得上是反應的回應。塞西爾發現她不是故意不理不睬，而是毫不關心其他人。正是因為如此，她就像一隻即使受到人類飼養，依舊不會馴服的野生小狼。

為了避免狼虛弱而死，繼續把她想要的東西搬過去……這就是現在的情況。

就這樣過了好幾個月。

季節迎向溫暖的春天。校園裡的各種花朵綻放，樹木綠葉也長得繁密茂盛，看起來和冬季蕭瑟的庭園完全不同。

不知何時塞西爾也習慣在照顧這個詭異少女之時，她完全不發一語，對自己不理不睬的態度，只是默默地在每天的工作之餘，將三種東西送進糖果屋。就像是刺進手掌的薔薇刺一樣，一直把這個孤獨，令人畏懼的幼狼放在心上。

塞西爾一直在心中某處為此感到憂慮。

5

每天一到黃昏，塞西爾的例行工作便是回到位於學園廣大校園一角的教堂後面，位置十分不起眼的樸實教職員宿舍。與使用高級橡木建成的貴族子弟專用校舍與宿舍相比，教職員宿舍顯得非常簡樸，毫無多餘裝飾，只是一個建在那裡的方型建築物。

教職員宿舍分為男子宿舍與女子宿舍，男子宿舍的二樓有提供攜家帶眷的教職員居住的大房間。兩個方型建築物的中間有個小池塘，一到春天便會有候鳥駐足，在此休養翱翔於冬日天空的疲憊翅膀。

塞西爾等人總是在池邊投擲麵包屑，餵食鳥兒。因為這代表春天的造訪，是個令人放鬆的溫柔儀式……

就在那天夜裡，塞西爾結束一天的工作回到宿舍，和平常一樣邊丟麵包屑，邊撫摸痛到不行的腰，接著又翻閱訂購的女性雜誌，繞圈按摩皮膚。然後和住在隔壁房間、學生時代至今的朋友喧鬧聊天。

「對了，聽說教音樂的詹金斯老師，狀況變得很糟糕。」

對於朋友說的傳聞，塞西爾不禁「啊！」了一聲。

詹金斯老師從塞西爾的學生時代開始就是音樂教師，年紀已經很大了。他因為身體狀況不好，住進蘇瓦爾首都蘇瓦倫的醫院……

「如果詹金斯老師死了，就沒人會彈那架豎琴了。」

「是啊……」

朋友哀傷的聲音，讓塞西爾忍不住跟著點頭。詹金斯老師擅長演奏豎琴，在週末夜裡經常邀請教職員前往二樓的房間，舉辦很棒的茶會。

（啊，詹金斯夫人泡的好喝奶茶，還有剛出爐的英式鬆餅……）

塞西爾難過地嘆口氣。

（還有夾著鮭魚和鬆軟乳酪的三明治。櫻桃蛋糕……）

突然回過神來，不禁脹紅了臉。

（不對，是演奏豎琴。對啊，我要往那個方向想才對……英式鬆餅要抹上厚厚的黑醋栗果醬和濃縮奶油……不對啦！）

塞西爾陷入感概之中，辛苦地將不斷冒出來的點心趕出腦海。朋友繼續說道：

「無論如何，聽說詹金斯老師都沒辦法再站上教壇了。」

「咦!?」

「所以下週就會有新的音樂老師來報到。希望是個好老師。」

塞西爾真心開始感到悲傷，想起溫和的詹金斯老師的種種事蹟。對於塞西爾這種說不上好，個性有些散漫的學生，既溫柔又有耐性地教導鋼琴演奏與音樂的美妙之處，總是滿臉笑容，總是很高興的老師……

那天夜裡塞西爾一直睡不著。第二天早上，塞西爾帶著悲傷的心情以及因為擔心而顯得沉重的表情，在平常的時間起床、用餐，前往聖瑪格麗特大圖書館。

因為不知道該挑什麼書，所以隨手拿了五本厚書，兩手用力抱著往前走。

吱吱吱……小鳥叫個不停，很舒適的季節。

塞西爾花了好大的工夫才走到糖果屋，正想打開門之時，像是搭配紅茶的奶油酥餅的門突然從裡面用力打開。塞西爾嚇了一跳，「呀！」叫了一聲，從裡面出來的學生——金髮碧眼的貴族子弟也「啊！」叫了出來。

這些學生絲毫不打算幫塞西爾撿起掉在地上的書，只是開口問道：

「原來是老師啊。」

「這間房子是做什麼用的？為什麼會在這裡蓋個娃娃屋？」

被幾個學生圍在中間，塞西爾一邊撿書，一邊不知道該如何回答：

「這、這個……」

「裡面都是書，沒有半個人。說是沒有洋娃娃的娃娃屋，這也太詭異了吧？」

「沒有半個人？」

聽到塞西爾的問題，面面相覷的學生點點頭。感到擔心的塞西爾對著學生說道：

「好了，你們上課要遲到了。快點進教室吧！」

故意裝作生氣的模樣把他們趕走，急急忙忙走進屋裡。

反手將門關上。

小小的聲音。

黑暗似乎蠢蠢欲動。塞西爾四周再度陷入有如黑色天鵝絨的黑暗。

應該早已習慣的氣氛。深邃沉重的黑暗。

在另一頭……

塞西爾鬆了口氣。

另一頭和平常一樣，有一個好似陶瓷娃娃的少女。

黑白雙色的豪華洋裝，戴著花朵圖案蕾絲繁複重疊的無邊女帽。小腳包著以核桃鈕釦固定的皮靴。長髮有如溶化的黃金流瀉到地上，覆蓋小小的身軀。

「原來妳在嘛。」

可是維多利加對於塞西爾的聲音，卻沒有任何反應。

「剛才學生們不是闖了進來？可是他們卻說裡面沒有半個人。」

「……」

「我把書放在這裡。我還帶來早餐的紅茶和半熟水煮蛋，還有櫻桃沙拉……維多利加？」

沒有回應。

只是嫌麻煩地板著臉，微微動了一下。塞西爾嘆口氣，看了她一眼便靜靜離開糖果屋。

春天的暖風吹來，來自花朵的甜香搔動塞西爾的鼻腔。塞西爾快步走著，心想那個少女一直窩在房子裡，完全不知道這些春天的暖風與甜美的香氣。刺在胸中的薔薇刺再度蠢動。塞西爾偏著頭彷彿有所疑惑，繼續匆忙走在庭園小徑。

數日之後的早晨——

越來越暖和的陽光可以感覺到季節快要進入眩目的初夏季節。

庭園裡有白色蝴蝶飛舞，花蕾一一綻放……

這天早晨，揉著腰的塞西爾晚了一點才進入辦公室，正好遇上有人正在介紹一位壯年男性

——新的音樂老師來了。據說是蘇瓦倫有名的音樂大學畢業，是一位看來充滿自信的老師。

介紹完畢之後，新的音樂老師叫住急著離開的塞西爾。他跟著匆忙前往教室的塞西爾，問起有關詹金斯老師的事。

塞西爾想了一下，跟他說了關於豎琴演奏會與茶會之類的事。對方似乎相當感動，說了一句：「咦，演奏會啊。那真是不錯。」

「對啊。真的很棒。所以少了一個好伙伴，大家都很不捨。」

聽到塞西爾這麼說，新老師點頭說道：

「原來如此。看起來是一位相當好的老師。」

強勁的風吹過——那是初夏乾爽的風。

塞西爾皺起眉頭，雙手扶正被風吹歪的圓眼鏡。

這天傍晚。

塞西爾再次「嘿呦、嘿呦！」搬運從聖瑪格麗特大圖書館抱來的大量書籍，前往糖果屋。

打開門進屋，正好撞上準備走出來的學生。

「又是塞西爾老師？」

撞到她的學生詫異地看著抱著書的塞西爾，然後回頭看向房內……以驚懼的眼光看著到處都是，已經化為書牆的書。
「唉呀，妳……」
是塞西爾擔任導師的班級裡的女學生。令人想到麥桿的明亮金髮綁成兩束馬尾，瞇細眼尾往上吊的鳳眼。
「為什麼老師又跑來這裡？」
看樣子這個學生是單獨來到糖果屋。看到不知如何回答的塞西爾保持沉默，女學生不可思議地說道：
「沒有洋娃娃，沒有半個人的娃娃屋。真是符合怪談學園之名的地方！」
「不是、那個、這是……」
「……咦？沒有半個人？」
塞西爾正想要辯解——
「對啊，沒有任何人。真是的。」
女學生說完，似乎是對探索感到厭煩，打了一個大呵欠，晃著小屁股便往外走。塞西爾把書放在貓腳桌上，搜尋整棟房子。
「維多利加！」
看了一下寢室——附有掛幔的四柱小床裡面、下面都沒看到維多利加。接著衝上螺旋樓

梯，衝進二樓的更衣室，翻遍堆積如山的白蕾絲、粉紅荷葉邊、黑緞帶，尋找嬌小的少女。

「維多利加？妳在哪裡……？」

接著就像是在找一隻小貓，塞西爾開始搜索桌子底下、衣櫥裡面、搖椅坐墊的下方。

但是還是沒有找到維多利加。

「真的沒有……到底跑到那裡去了？」

塞西爾找累了，往身邊橫放的衣箱坐下。

塞西爾屁股底下的衣箱發出吱嘎聲。

瞬間有一個相當不悅，像是抗議的低沉呻吟混在這個聲音裡面。

「！」

塞西爾瞬間露出極為驚訝的表情。眼尾下垂的褐色大眼睛斜眼一看——

「……維多利加？」

輕輕從衣箱上面移開屁股，仔細觀察衣箱。

很難想像一個人進得去的方型小箱子，可以看到有什麼東西若隱若現。

白色輕飄飄的……

荷葉邊不高興地露出臉。

一臉懷疑的塞西爾，半信半疑輕輕打開衣箱蓋子。

結果……

裡面是一名——讓人當成華麗陶瓷娃娃的嬌小美少女，包在荷葉邊、蕾絲與印花緞帶裡面。只見她一臉非常不高興的表情，抱著一本書。櫻桃小嘴還露出棒棒糖的棒子。

「維、維多利加……！」

塞西爾大吃一驚，忍不住大叫：

「怎、怎麼會躲在這裡？這是用來裝衣服的箱子，不是妳的椅子。呃——咦，難不成維多利加……」

不知為何，塞西爾開始猶豫要不要說出接下來的話。維多利加顯得很不高興，就像是自尊受傷的野生動物一樣蜷成一團，一動也不動。

（難不成妳是在躲人……？）

這是塞西爾心中的想法。

（妳怕人嗎？沒錯吧……？）

那一天的維多利加就待在衣箱裡面，像是在鬧彆扭一樣嘟著嘴，完全不打算出來。

「老伯，你最近有空嗎？」

這是接近初夏的日子，時刻已經接近黃昏。

遠眺浮在庭園池塘上的候鳥白色羽毛，塞西爾問著正在工作，身材又高又壯的老園丁。
身型魁梧的老人穿著連身工作服，已是頭髮斑白的老園丁。對於塞西爾的問題，先是以沙啞的聲音問了一聲：
「啊？這是什麼問題啊，怎麼可能有空。妳也來做做看每天必須照顧這種廣大庭園的工作啊。嗯？」
雖然說話有點凶，但是塞西爾從學生時代認識他到現在，有了相當久遠的交情，早就知道他的個性。塞西爾對著不斷抱怨工作忙碌的老園丁，扶正圓眼鏡之後說道：
「想請老伯幫我做個東西。」
「該不會又是什麼玩具帆船之類的東西吧？妳老是要我做一些麻煩的東西。」
「不是的，不是那種東西，其實是花壇。」
「花壇～？」
忙碌地以巨大的園藝剪刀修剪樹籬的老園丁停下手邊的工作，詫異地回問。
「在哪裡？」
「呃——最近不是新蓋了一棟像是小糖果屋的房子嗎？」
「是啊，的確有。」
「我希望可以做在房子的周圍。對了，就是中世紀貴族庭園裡常有的迷宮花壇。轉來轉去，只有知道路的人才能走進去——就像那樣的東西。」

「迷宮花壇啊！」

起身的老園丁搖晃有如小山丘的身體，高興地說道：

「唔，聽起來很有趣啊。我可以按照我的想法去做吧？」

「嗯！」

「好，成交！」

塞西爾總算鬆了一口氣。

然後她悄悄回頭望向小房子的方向。迎風的白花搖曳生姿，天色已經暗了，黑暗逐漸接近庭園。塞西爾感覺好像是盤據在那間屋子裡的黑暗，正在侵蝕外面的世界。

接下來不再是黃昏，而是夜晚。

東方夜空浮現蒼白月亮。

老園丁以熟練的手藝在娃娃屋周圍做起迷宮花壇。

以幾何模樣一圈一圈圍繞小屋子，高度不斷增高，阻隔學生的好奇心與入侵。

然而就在這時，發生了某個事件。

6

在塞西爾住的女性教職員宿舍對面，是男子宿舍。詹金斯老師和太太住的二樓房間裡，還留有老師的行李。大門緊閉的陰暗房間，留下曾經在此居住的居民行李，以及濃厚氣息的孤寂房間。

這間房間裡的豎琴，從那天夜裡開始，只要一到夜晚便會詭異響起。

這天夜裡，塞西爾正在自己的房間裡修指甲、擦皮鞋，然後欲罷不能地擅自擦起隔壁友人的鞋子，一個人悠閒度過夜晚時光。一邊哼著歌一邊擦別人的鞋子，窗外突然隱約傳來邀約般的旋律。

「咦？」

塞西爾抬起頭，側耳傾聽。

可是接下來卻又什麼都聽不到，於是繼續哼歌擦鞋。

可是又聽到樂聲……

「奇怪?」

塞西爾起身打開窗戶。

對面宿舍二樓的窗戶。詹金斯老師的房間沒有點燈,看起來空無一人。可是……

「豎琴在響!」

塞西爾不禁感到毛骨悚然。

把睡在隔壁的朋友叫醒,和邊抱怨邊起床的朋友一起在睡衣上披件外套,走出門外。

「詹金斯老師回來了!」

「怎麼可能。」

「因為他在彈豎琴!」

「在黑暗的房間裡?」

朋友笑著說道:

「那簡直和幽靈沒什麼兩樣嘛。」

脫口而出之後又「啊!」大叫一聲,和塞西爾面面相覷。

「幽靈……」

「不、不會吧!」

兩個人一起搖頭:

「才不會有這種事呢。」

「就是說啊。」

進入男子宿舍，走上樓梯。戰戰兢兢敲了詹金斯老師房間的門，可是沒有任何人應門。

也沒有燈光。

只有豎琴的聲音不停漂蕩。

「詹金斯老師？」

「老師？」

兩個人一起呼喊。

人們慢慢聚集過來，一群教師開始交頭接耳。豎琴聲不斷響起，有人到樓下的管理室借了房間的鑰匙。

鑰匙交到塞西爾手上。

塞西爾戰戰兢兢地把門打開。

「詹金斯老師……？」

試著出聲呼喚。

沒有回應。

豎琴的聲音停了。

有人喃喃說道：「不是這個房間。不可能有這種事情。只不過是有人在別的房間彈琴。」朋友走過軟綿綿的地毯，打開房間正中央的檯燈。

橘色燈光照亮整個房間。

一個人也沒有。

就在所有的人都鬆了一口氣的瞬間，朋友突然哇哇大叫，就像尾巴被踩到的貓發出的聲音。嚇了一跳的塞西爾也大叫：「怎麼啦！」

朋友以顫抖的手指向豎琴。

塞西爾斜眼看過去——

「啊……！」

豎琴的弦竟然還在微微抖動。

就好像剛才有人坐在這裡彈過一樣。

「有……」

朋友大叫：

「有鬼啊！一定是詹金斯老師的幽靈！老師的幽靈在這裡彈豎琴。一定是這樣……」

「怎麼可能。」

「因為大家都喜歡老師的演奏會，所以讓我們聽最後一次。詹金斯老師！怎麼辦！溫柔的詹金斯老師一定死了！」

「怎麼可能！」

一群教師全都不知道該如何是好。

塞西爾撥開人群，啪噠啪噠跑到一樓。抓起電話立刻告訴接線生接往蘇瓦倫的醫院。

接著請醫院找來詹金斯老師的太太。

『喂。啊，是鋼琴彈得很爛的塞西爾啊。』

塞西爾把師母的批評當成耳邊風，只是啜泣說道：

「呃，師母。我們一起致上哀悼……」

『咦？』

師母詫異地反問：

『哀悼？為什麼？』

塞西爾邊擦眼淚邊說：

「咦……？詹金斯老師不是過世了……？」

『妳胡說什麼啊，塞西爾！他已經好多了，現在正在活蹦亂跳，胃口也好得不得了呢。真是沒禮貌！』

「咦——！」

塞西爾急忙道歉，掛斷電話。

這時新的音樂老師走過來，問了一句：「怎麼了？」

「呃——我打電話到醫院詢問詹金斯老師的狀況。」

「醫院？」

音樂老師不知為何顯得十分詫異。

在老園丁的幫助之下，迷宮花壇逐漸完成。隔天的塞西爾揉著因為前一晚幽靈騷動而睡眼惺忪的眼睛，帶著有如小山的書籍打算前往糖果屋時，在正在施工當中的迷宮花壇中轉來轉去，迷失方向。

「完、完蛋了……！」

再這樣下去恐怕不妙了。就在她差點哭出來的時候，好不容易走出迷宮來到正中央的屋子。塞西爾累得說不出話來，把書放在貓腳桌上，「啊～」嘆了一口氣便癱倒在地。

「好、好重……！」

那天夜裡——

教職員宿舍又發生相同的事情。

無人的房間裡傳來豎琴的聲音，飛奔過去把門打開，裡面卻是空無一人，窗戶也是從屋內鎖住。朋友湊近豎琴，伸出手指之後喃喃說道：

「琴弦還在抖動。」

可是向醫院確認，卻說詹金斯老師正在逐漸康復。

然後又在隔天夜裡……

豎琴不斷響著，害怕的塞西爾在夜裡完全無法入睡……

7

「……究竟怎麼了？」

塞西爾懷疑自己的耳朵。

這是發生在幾天之後傍晚的事。當她搬來書本，一如往常放在貓腳桌上打算離開時，那隻這幾個月來一語不發的灰狼叫住塞西爾。

塞西爾停下腳步，不可思議地回頭。

被荷葉邊與蕾絲囚禁的美麗洋娃娃待在陰影深處。少女不知何時開始抽起菸斗，纖細手上的白色陶瓷菸斗冒出細細的紫煙，裊裊朝著天花板升去。

「妳、妳是不是說了什麼？」

塞西爾以顫抖的聲音反問。

「妳這幾天似乎有心事。」

「妳、妳怎麼知道？」

少女輕蔑地用小巧端整的鼻子哼了一聲，然後以老太婆的沙啞聲音說道：

「很簡單。是腦中湧出的『智慧之泉』告訴我的。」

「咦……？」

維多利加冰冷的綠色眼眸炯炯有神，塞西爾忍不住倒吸一口氣。先前只是以嬌小身軀趴在地上，以病懨懨的眼眸閱讀書籍的少女，心靈不知被什麼東西囚禁，渾身散發令人畏懼的謎樣能量。少女在黑暗之中什麼事也不能做。但是在這個瞬間，確確實實擁有某種力量看著塞西爾。感受到恐怖與畏懼的念頭，塞西爾無法動彈。

「智、智慧之、泉……？」

「沒錯。我偶爾會撿拾收集這個世界的混沌碎片，惡作劇地加以玩弄——為了打發無聊。然後將它們重新拼湊，找出唯一的真相……妳說吧。」

「說、說？」

塞西爾以顫抖的聲音反問，維多利加的聲音像是很不耐煩：

「告訴我在妳身邊發生的事。至少可以幫我一點忙，讓我能夠瞬間忘掉這個無聊也好。說啊！快說！」

聽到沙啞的聲音，桀驁不馴的任性話語，塞西爾又嘆了一口氣。即使張開嘴巴想要抗議，也因為恐懼，什麼都沒說便閉上嘴。

或許是對沉默不語的塞西爾感到不耐煩，維多利加輕蔑地哼了一聲：

「還是因為什麼無聊的理由。」

「咦？」

「例如是對異性抱持情慾而感到煩惱這等無聊至極的理由，或是諸如此類的行為。塞西爾，這樣的話就不用問我了。」

「才才才、才不是！」

塞西爾急忙衝到維多利加身邊。等到她回過神來，發現自己已經靠在怪異少女的身旁，比手畫腳說起豎琴的怪談。

「……也就是說，我們所有的教師都嚇到了。還說就算是詹金斯老師的幽靈，好歹也是朋友，但是老師明明還活著。這究竟是怎麼一回事？」

「──移動豎琴的位置。」

維多利加只以低沉的聲音說了一句。塞西爾回過神來──

「咦?為什麼?」

「……」

維多利加再也沒有開口。她再度埋首於書籍、思考以及無聊所架構的金色黑暗之中。再怎麼和她說話也沒有任何反應,塞西爾只得放棄,靜靜離開糖果屋。

那天夜裡。

在回到宿舍的塞西爾主導之下,塞西爾和朋友找人打開詹金斯老師房間的門鎖,移動豎琴的位置。豎琴是從上往下垂直拉著許多琴弦,又大又重的樂器。兩個手無縛雞之力的女性想要把它搬起來,可是一件大工程。把放置在柔軟地毯上的豎琴稍微移動二十公分左右之後,兩個人就沒力了,只得放棄回到房間。

「這麼一來就不會響了?為什麼?」

「這個究竟是為什麼,我也不知道……不過既然有人這麼說,那就試試看吧。」

半信半疑的兩人望著彼此。

夜深了。

從那一夜開始——

豎琴再也沒有響過。

第二天早上是個相當晴朗，令人感覺夏天即將到來的大好天氣。

暑假即將來臨，學生顯得有些興奮，好像所有的人都想要趕快放假。

塞西爾如同往常，快步往糖果屋前進。她放下書籍，向面對黑暗的荷葉邊娃娃問道：

「究竟是怎麼回事？」

那個容易被誤認為是洋娃娃，冷若冰霜的嬌小美少女，睜開有如寶石的綠色眼眸一動也不動。只是偶爾將陶製菸斗湊近嘴邊，不停吞雲吐霧。

白色細煙朝著天花板裊裊升去。

「……什麼？」

「就是鬼彈豎琴的事。我按照妳所說的去做，只是稍微移動一下位置，昨天就不響了。究竟是怎麼一回事？」

維多利加似乎是嫌麻煩，「哈～」打了一個呵欠。

然後突然以讓人想到野狼的銳利眼神凝視塞西爾。毛骨聳然的塞西爾站在原地不敢動。

「呃，那個……」

「彈二樓豎琴的，是一樓的男人。」

「咦？」

「告訴妳，彈二樓豎琴的，是一樓的豎琴。」

「……咦？」

「妳懂了吧。」

「不懂。」

塞西爾老老實實回答。維多利加驚訝地睜大眼睛，然後「唉……」嘆了口氣。

「雖然麻煩，我還是將它語言化吧。」

「語言化？」

「將重新拼湊的東西，以妳聽得懂的方式說明。」

維多利加拿開菸斗，以嫌麻煩的模樣說道：

「妳聽好了。上鎖的無人房間，而且沒有點燈的房間裡傳來豎琴演奏的聲音。然後只是移動位置，聲音就停了。」

「嗯。」

「妳可以查一下正下方一樓的房間，一定可以找到另一架豎琴。因為犯人是在一樓彈豎琴，讓二樓的樂器跟著響。」

「怎、怎麼辦到的？」

「豎琴是從上往下繃著好幾根弦的樂器，用手指撥弦便能夠發出聲音。而放置豎琴的房間地板一定鋪著軟綿綿的地毯。犯人在一樓房間的天花板，也就是二樓房間的地板挖幾個小洞，把放在二樓房間和一樓房間裡的兩架豎琴的琴弦，一根一根連結起來。這麼一來，只要彈奏一樓的樂器，二樓的豎琴琴弦也會像是受到手指撥弄。等到演奏結束，只要從一樓房間的天花板拔掉偷偷接上的琴弦就可以了。地板上挖的洞也因為軟綿綿的地毯，所以可以巧妙掩飾。哼，這只不過是魔術師經常在舞臺上使用的手法罷了。真是騙小孩的幽靈事件。」

維多利加無趣地喃喃說完，繼續吞雲吐霧抽起菸斗。隨著頭的擺動節奏，美麗的金髮沙沙作響。

「可是，究竟是誰……？」

「恐怕是新來的音樂教師。」

「他!?」

「嗯。演奏豎琴需要一定的技術，因此僅限於有能力彈奏的人。再加上妳不是說過那棟宿舍的一樓住的是單身男子嗎？」

「可是……」

「大概是嫉妒詹金斯老師受到大家歡迎，所以想要製造可怕的幽靈事件，讓大家害怕老師吧。塞西爾，妳自己想一下，詹金斯老師幽靈事件這種事，除了那個人之外，還有可能會是誰製造的？」

「……」

「也就是說，不知道詹金斯老師還活著的人，只有他一個而已。」

塞西爾驚訝地看著維多利加。維多利加不耐煩地說道：

「所有的人都知道詹金斯老師為了養病，現在住在蘇瓦倫的醫院，唯獨新任教師不知道。他應該是誤會先前的音樂教師去世了。塞西爾，我記得妳說過在事件發生之前，他向妳詢問詹金斯老師的事情時，妳曾經這麼回答——『少了一個好伙伴』。」

塞西爾吞了一口口水。

「這、這倒是……」

「還有在豎琴事件之後，妳打電話到蘇瓦倫的醫院，他曾經詫異地反問：『醫院？』因為他不知道詹金斯老師正在住院，所以無法了解為什麼在發生幽靈事件之後，妳會急急忙忙打電話到醫院。」

「……」

「懂了吧？」

說清楚的維多利加在塞西爾回答之前，就像野生動物往森林深處走去一樣背對塞西爾，再次埋頭看書。

驚訝的塞西爾盯著她那小巧又工整的模樣，看了好一會兒。

維多利加一語不發，完全沒有留意塞西爾是否還在。

那個令人產生畏懼念頭，高貴又陰沉，潛藏未知力量，但是看起來有如陶瓷娃娃飄逸輕盈的少女。塞西爾發現這是自己第一次和維多利加有了像樣的對話，不禁有點出神。即便如此，塞西爾的胸口依然有著彷彿薔薇荊棘帶來的刺痛，一邊懷疑這是怎麼回事，一邊靜靜離開娃娃屋。

所謂的無聊，說不定是寂寞的意思——這個想法在繞著迷宮花壇的塞西爾胸中翻騰。灰狼究竟在想些什麼，她會怎麼樣，塞西爾完全不知道，只是一直覺得有根刺扎在那裡。

8

於是季節邁向夏季。

漫長的假期開始。

學生的身影突然消失，只剩下寂靜與夏日眩目的陽光點綴正值假期的聖瑪格麗特學園。就在此時，一個小小的變化造訪灰狼維多利加。

空無一人的庭園。一到早晨，維多利加就以遲緩的動作搖晃荷葉邊和蕾絲，離開小小的糖果屋。目標是沉浸在灰色之中的歐洲最大書庫——角柱狀的聖瑪格麗特大圖書館。學生之中唯有維多利加得到特別許可，可以使用圖書館在本世紀裝設的油壓式電梯。維多利加從早到晚都待在圖書館的迷宮樓梯最上方，原本是蘇瓦爾國王與祕密愛人進行幽會的不可思議小房間裡，不斷閱讀書籍。

季節更迭，沒有發生任何事就進入秋天。

來了一個旅人。

——這天早上，待在ㄈ字型校舍一樓的辦公室裡，塞西爾面對一疊文件，顯得無計可施。她正抱著頭發出「嗚……」的聲音。

「這次是東方男孩嗎……」

伸手扶正滑下的圓眼鏡。

「萬一又是詭異的類型怎麼辦？這次又要把什麼東西運到哪裡呢？腰痛好不容易才好了一

點耶。嗯……」

塞西爾不停嘆息，想起幾個對東方人的印象——切腹、謎樣的髮型、漂亮圖案的服裝、狗肉火鍋……

「對了，要把狗都藏起來才行！他應該快到了！」

她才一站起來，手肘就撞倒疊在桌子旁的課本、試卷，以及內容艱深的書籍等等，只見它們以驚人的氣勢掉在地上，一旁還傳來模糊不清的微弱聲音。

「哇！咦……？」

塞西爾急忙看向崩塌的書籍與講義另一頭，那裡站著一名不知何時進入辦公室，肌膚顏色前所未見，身材矮小的少年。有著眩目黑髮與黃色光滑肌膚的少年手忙腳亂地以雙手擋住幾本掉下去的書籍，將它們放回桌上，然後默默撿起散落在地的講義。

塞西爾嚇了一跳，盯著那名少年。

——在這個全是貴族子弟的學園裡，教師對於學生來說只不過是僕人而已。塞西爾有什麼東西掉在地方，從來沒有任何學生會特意蹲下來幫忙。塞西爾偏著頭往下看，少年已經迅速地把所有東西撿起來放回桌上，拍拍自己的膝蓋站起來。

是個身材不高的纖細男孩。可是他卻像個成年男子挺直腰桿，臉上浮著令人想到軍人的嚴肅、一絲不苟的神情，讓塞西爾不由自主地一直盯著他。

好像要把人吸進去的眼眸，和頭髮一樣是濕潤光亮的黑色。

塞西爾急忙和桌上的文件比對——來自東方某國，經過國家推薦前來留學的少年。父親是軍人，兩個兄長已經成年，各自從事不同的工作。在士官學校裡取得優秀的成績，是那個國家引以為傲的好學生——

塞西爾看看文件，又看看眼前矮小的少年：

「——你是久城一彌同學嗎？」

「OUI（是）。」

少年久城一彌像是為不習慣的法語發音所困，瞬間皺了一下眉頭。然後再一次把腰挺直：

「我是久城一彌。MADEMOISELLE（小姐），還請您多多指教與指導！」

「你吃狗嗎？」

一彌緊張的神情突然顯得很難過：

「NON（不），我們不吃狗。」

「太好了。教室往這邊，久城同學。」

塞西爾抱起課本往前走，一彌急忙跟在身後。一彌的黑色皮鞋踩在走廊上發出聲響，喀、喀、喀、喀……令人驚訝的整齊腳步就像是在踏正步。

塞西爾走在走廊上，看看和課本一起抱來的一彌相關文件，再看看在旁邊踢著正步的本人。貼在文件上的照片裡，有態度嚴肅的軍人父親，兩個高大的兄長，正中央纖細的女性應該是他的母親。主角一彌窩在角落害羞地縮著頭。他旁邊的人應該是姊姊，是個有著光澤亮麗的黑髮與令人想到黑貓的濕潤眼眸的性感少女。只見她摟著一彌的脖子，把臉貼在一彌的臉上。

比較著身旁一彌的嚴肅神情，以及被姊姊摟著不知如何是好的照片，塞西爾不禁覺得好笑，噗嗤一聲笑了出來。

一彌顯得很詫異：

「怎麼了嗎，MADEMOISELLE？」

「沒事沒事……久城同學，要努力用功喲。」

「當然，MADEMOISELLE。」

一彌以僵硬的表情點頭：

「我是背負國家威信前來留學的學生，一定要取得良好成績，成為對國家有用的人才之後回國貢獻才行。我的父親、兄長都是這麼期待。」

「媽媽和姊姊呢？」

聽到這個問題，一彌瞬間變成孩子的表情低下頭。

「嗯？」

「母親和姊姊……哭著要我不要到這麼遠的地方……」

一彌看起來似乎快哭了。然後他又咬住嘴唇，再度挺直身體。
「這、這樣啊。」
終於抵達教室。
塞西爾打開門，開始介紹留學生久城一彌。對於站在講台上的新同學，坐在教室裡的金髮碧眼少年與少女——掌控蘇瓦爾權力的貴族之後全都面無表情，冷眼看著他。
久城一彌的留學生活，似乎遇到相當大的困難。
歐洲很少遇見東方人，想要彼此成為同學，更是遭受保守學生的嚴重抵抗。再加上一彌的嚴肅個性，一直沒有交到什麼朋友，只不過他的成績很優秀，總算得到眾人的認同。
一開始不怎麼靈光的法語也慢慢進步，在對話和上課方面已經沒有障礙。一彌像是拚了命一樣努力念書。
「不要太勉強自己，偶爾悠閒一下也沒關係。」
塞西爾常常提醒他，可是一彌只是回了一聲「是。」就帶過。季節再度緩緩輪轉。
某天早晨，提早離開宿舍前往校舍的塞西爾，看到抬頭挺胸站在花壇前方的一彌，向他說聲：「早安。」像是被聲音嚇到而回頭的一彌，似乎因為眩目朝陽瞇起漆黑眼眸：

「老師早。」

「你起得真早啊。在做什麼呢?」

其他學生早上大多賴在床上,直到最後一刻才起床。學生時代的塞西爾也是一樣。一大早起床散步,的確是久城同學的風格——塞西爾邊想邊隨口發問。一彌以毫不通融的嚴肅表情指著某樣東西。

「咦?」

一朵在花壇裡孤單綻放的花。

顏色豔麗,小小的金花。

「花?」

塞西爾再問一次,一彌點點頭。

「你喜歡這朵花嗎?」

「是。」

「咦……這麼小的一朵花,你竟然也找得到。其他還有很多各式各樣的大花啊。」

「是。」

一彌點點頭,突然害羞地低下頭。輕輕說了一句「我先告辭了……」就背對塞西爾,急急忙忙往校舍走去。

（真奇怪……不過是看花看得入迷而已，有這麼丟臉嗎……？）

塞西爾歪著頭，百思不解。

微冷潮濕的秋風，輕輕吹動站在花壇前方的塞西爾頭髮。

「那是誰？」

——下一個星期的週末。

正在把新洋裝和堆積如山的甜點搬進維多利加特別宿舍的塞西爾停下腳步。好幾個星期都沒有聽到聲音，根本沒有任何表情變化，從側面看來和洋娃娃沒什麼兩樣的維多利加·德·布洛瓦突然開口。

「咦？」

塞西爾連想都還沒想就直接反問。維多利加不高興地哼了一聲：

「今天跑來圖書館，那個黃色的傢伙。」

「黃色的傢伙～～？」

塞西爾一臉懷疑想了好一會兒。維多利加好像不打算多說什麼，只是默默抽著菸斗。

她正以驚人的速度翻閱書頁。分明是以難懂的拉丁文寫成的厚重哲學書，可是一下子就看完十幾頁。

維多利加以嫌麻煩的動作稍微抬起頭，勉強多說一句：

「動作看起來硬梆梆。」

「……久城同學嗎～～？」

塞西爾總算回想起來。

想起傍晚曾經拜託一彌到聖瑪格麗特大圖書館去找一本書。一彌費盡千辛萬苦，在圖書館的迷宮樓梯爬上爬下，終於找到想要的書。還記得他氣喘呼呼說話的樣子……

就在當時，維多利加正在大圖書館迷宮樓梯最上方的蒼鬱植物園裡，像平常一樣獨自抽著菸斗，閱讀書籍……

塞西爾點頭說道：

「那是上個月從東方小國來這裡留學的留學生久城同學。」

「……」

維多利加沒有回應，再度埋頭在安靜的書本世界裡，只聽到翻動書頁的沙沙聲響，以及裊裊紫煙環繞著她。

（吹的是什麼風啊？她竟然會對書以外的事物產生興趣……）

塞西爾偏著頭，離開特別宿舍。

季節再度從秋季接近冬季。蕭瑟的冬季寒冷乾燥，在廣大的聖瑪格麗特學園庭園裡，綠葉凋落，樹枝交纏有如黑色骨骸的森林，還有花壇裡彷彿不祥蜘蛛網的薔薇枯枝，在在增添暗沉的色彩。

塞西爾不時會看到留學生久城一彌，站在之前曾經站在那裡發呆的花壇前面。塞西爾總是一大早一面快步通過，一面斜眼看到一彌臉上帶著在課堂上，拜託他到圖書館跑腿時沒見過的柔和，以溫柔的表情盯著冬天蕭條的花壇。

那朵金花一直綻放到秋季結束，現在蕭瑟的花壇裡，只有看似蜘蛛網的纖細枯枝——

一彌經常佇立在那裡，默默看著枯枝。

（久城同學一定是……）

某個早晨，塞西爾突然想到：

（一定是在等待春天來臨吧。我有這種感覺……！竟然一直在等待著那朵可愛耀眼的花開花。他雖然一直表現得一板一眼，出乎意料是個浪漫的男孩啊……）

歐洲灰濛濛的冬季天空覆蓋整個學園，有如被黯淡的塔夫塔綢（註：TAFFETA，一種絲質平織布）籠罩一般……

「久城幾歲？」

某天早上，塞西爾看著這樣的一彌，急忙帶著早餐穿越迷宮花壇來到特別宿舍。耳朵聽到維多利加沙啞的聲音，不禁嚇了一跳，差點打翻放著水果、裸麥麵包與苔桃果醬的銀托盤。

「嗯？」

「……算了。」

嫌麻煩的維多利加喃喃自語，轉身背對塞西爾。

菸斗裊裊冒出白色細煙。黑色天鵝絨與白絹荷葉邊撐起的少女一邊翻書一邊抽著菸斗，有時像是從夢中醒來一般轉動纖細的脖子，伸手從糖果山裡拿起糖果，放進櫻桃小嘴裡。

「……妳會吃不下正餐喔。」

「……」

「還有，久城同學和妳同年，而且還是同班。只因為妳沒有進過教室，所以沒見過。」

「……這樣啊。」

維多利加簡短回答的聲音就和先前聽過的一樣，有如老太婆沙啞平靜的聲音，但是其中卻有一種令塞西爾感到不安的聲響——就像是滴落湖中的一滴薔薇香水。

滴落在廣大陰暗的湖裡，一滴小小的香水。

塞西爾凝視低頭翻閱書籍的冷靜側臉，又感覺到似乎有種令塞西爾不安，先前未曾見過的某種東西，一瞬間劃過她的臉上。塞西爾急忙扶著大大的圓眼鏡想要看個清楚，但是已經慢了一步，那個確實存在，帶著微溫的東西已經掠過維多利加冰冷有如陶瓷的小巧側臉，不知道藏到何處。

（剛才那是什麼……？）

塞西爾不自覺地受到吸引，但是維多利加裝出一副什麼都不知道的樣子。結果塞西爾什麼也沒說，放下早餐托盤便離開特別宿舍。

寒風颼颼，塞西爾連忙抓緊褐色外套的前襟。繞著迷宮花壇，總算走到外面。花壇外面廣大的庭院更是寒冷。歐洲冬季是帶著某種不祥陰暗的季節，塞西爾急忙小跑步前往校舍。某處發出枯葉的沙沙聲響。

季節就這麼慢慢前進。

久城一彌在不習慣的歐洲冬季裡，只有一次感冒的經驗。有一天甚至嚴重到無法起床，於是塞西爾帶著當天上課的講義，到一彌位於男生宿舍的房間裡探望他。

房間整理得一條不紊，光是看都覺得簡潔到了有點寂寞的地步。貴族子弟用的高級橡木家具——大書桌和大書櫃、雕花衣櫥，滿臉通紅的一彌躺在房間角落的床上，即使是在棉被裡面也是抬頭挺胸睡覺。

紅髮舍監因為擔心病倒的外國孩子，在走廊上著急地來回踱步。塞西爾想要測量溫度，於是輕輕把手掌貼在一彌發燙的額頭上面。一彌以塞西爾聽不懂，應該是母語的語言說夢話。

聽起來好像不斷重複「RU」、「RI」兩個音，塞西爾認為他是在呼喚某個人。就在塞西爾偏頭思考之時，一彌微微睜開眼睛──有如黑暗夜色，像要把人吸進去的漆黑眼眸。一彌先是有點發呆，一看到導師的身影，慌忙想要坐起來。

塞西爾阻止他：「不要緊，你好好躺著。」一彌略加抵抗，最後還是乖乖躺回床上。然後很不好意思地說：

「我認錯人了。老師，對不起。」

「認錯是誰了？」

「因為感覺好像是女性，我還以為是姊姊。」

一彌好像真的覺得很丟臉，鑽進被窩裡面。棉被裡傳出含糊的聲音：

「我以為是瑠璃。我還沒出國之前，我們總是待在一起。老師，我姊姊的名字在我國的語言裡，和寶石是相同的意思。她哇哇大哭要我別走，我還是丟下她，所以有些擔心。」

「我相信她一定也很擔心你。」

「嗯，一定的。」

一彌喃喃說道，從棉被裡微微露出臉。

塞西爾請來村裡的老醫生幫一彌看病。雖然大大的針筒扎在手上，可是毫不畏懼的一彌完全沒有露出痛苦的模樣。他只是一臉僵硬咬著牙，以毫不在意的表情默默不語。
打算和醫生一起離開宿舍房間時，塞西爾才突然想到：
「久城同學，你喜歡亮晶晶的東西吧？像是寶石的名字，還有那個……」
塞西爾開始回憶——
「花壇裡讓你看得入迷的花。小歸小，卻是漂亮的金色呢。只要一到春天，它又會再次綻放，是吧？」
沒有回答。感到奇怪的塞西爾回頭一看，發現一彌不只是發燒的緣故，竟然連耳朵也變得通紅。他不發一語，不停蠕動，最後終於以快要聽不見的聲音說道：
「我、我很喜歡金色。」
塞西爾詫異地心想：為什麼要感到害羞呢？一彌繼續說下去：
「一個男人說出這麼輕浮的話，要是讓父親或哥哥知道，他們一定會將我剝光，用繩子捆住從二樓的窗戶吊下來。哥哥最愛看的書是《月刊　硬派》雜誌，可是我……」
聲音越來越小。
「我就如您所見，是個樸素、不起眼、無聊的男人。」
「沒、沒這回事。」
「沒關係的。所以我在看到漂亮顏色或是花朵的時候，才會突然受到吸引。就像是整顆心都被奪走，有時候真的就是忍不住。這個祕密我沒有讓家人和朋友知道。」

「……」

「老師，我真得覺得金色是很漂亮、很棒的顏色。在我的國家沒有這種顏色的花。金花讓我感動。這是祕密……這種事……請絕對不要……」

似乎是剛才打的針發揮效用，最後像是夢囈般呢喃之後，一彌閉上漆黑的眼眸，就這樣發出微微的酣睡呼吸聲。對著即便在這種時刻還是直挺挺地端正躺著的一彌，塞西爾像是拗不過他似的嘆了口氣。然後輕輕幫他拉好凌亂的棉被，代替姊姊在棉被上拍了兩下。

「金花……！」

塞西爾離開宿舍，走在外頭陰暗的庭園，突然浮現一個念頭。金色，有如嬌小薔薇花的少女。有如花瓣綻放的層層荷葉邊與蕾絲，在正中央凝視自己，不可思議的寧靜眼眸——

維多利加．德．布洛瓦——！

那可是堪稱活的金花——塞西爾邊想邊走在小路上。看樣子冬天還要持續好一陣子。

9

蕭索灰色的冬天終於過去，春天再度來臨。

維多利加一如以往，過著平常待在特別宿舍，只有在白天前往聖瑪格麗特大圖書館植物園的日子。教室裡的狀況也沒有任何改變。

留學生久城一彌似乎因為聖瑪格麗特學園流傳的怪談〈春天來到的旅人將為學園帶來死亡〉以及黑髮黑眼外表的緣故，開始被同學們當成死神，不禁感到相當困擾。

某一天。

村裡突然發生命案，塞西爾發現留學生一彌捲入案件之中的早晨。

這是把昏迷不醒的一彌送回學校，送到保健室之後的事。

「請等一下，警官！您怎麼這麼不講理！」

塞西爾快步走在ㄈ字型校舍的一樓走廊上，大膽頂撞來到學園的怪異警官。在村裡的路上，一大早就發生政府相關人員遭到殺害的事件。正巧經過那裡的一彌是最早發現的人……理應是這樣才對，可是這個有著怪異髮型的警官卻打算把一彌當成嫌犯逮捕。

那是一名年輕英俊的警官。漂亮的金髮前端，不知為何固定成為有如鑽子的尖銳形狀。還帶著頭戴兔皮獵帽，不知為何手牽著手的兩名部下。真是不知所云的三人組。

塞西爾鼓起勇氣保護一彌，但是三人組卻將一彌帶到另一個房間進行偵訊。

（怎、怎麼辦。怎麼辦、怎麼辦！）

塞西爾急了。

在走廊上左右不斷徘徊。

根本不知道怎麼應對殺人事件，也不知道該用什麼方法幫助一彌。

——就在此時，半年前發生的怪異幽靈豎琴事件的記憶突然復甦。

沒有人能夠說明的靈異現象，一到夜裡就響起的不祥豎琴聲。只是抽菸斗聽著這件事，瞬間解決這件事的少女。在那個瞬間非常厲害的奇妙少女——

塞西爾站在原地思考了好一會兒。

回過神來的塞西爾急忙前往辦公室，找出今天上課用的講義。隨手抓起兩張，迅速寫上兩個人的名字，快步奔向走廊。

進入一彌正在接受訊問的房間，臉上硬是擠出笑容，把講義交給一彌：

「這個給你。」

嘴巴這麼說，兩腳卻是嚇得顫抖。

警官果然生氣了。

「喂！妳在幹什麼！不要妨礙辦案！」

「恕我直言，警官先生。」

塞西爾隱藏顫抖的雙手，硬是裝出強硬的態度：

「如果想要把他當成犯人，還請你先拿出逮捕令再說。你這麼做等於是仗著警察權力的蠻橫行為。我代表學園提出抗議！」

被救出來的一彌來到走廊上，恭敬地向塞西爾道謝。看到一彌一如往常的模樣，塞西爾硬是把講義塞給他：

「好了好了。重要的是把這個拿到圖書館。」

「圖、圖書館……嗎？」

「沒錯。」

塞西爾點點頭。

一彌聽到老師要他把講義轉交給圖書館裡的同學，似乎有些不高興。他身為認真的好學生，或許完全不想理會窩在圖書館裡，不來上課的學生。但是塞西爾不管這麼多，只是對他說：「她在圖書館塔的最頂端。因為她喜歡高的地方。」

一彌有些孤單地回應：「這樣嗎……」然後很難得地開了一個玩笑：

「我的國家有句諺語：什麼和煙喜歡高的地方。」

他孩子氣地鼓起臉頰，讓塞西爾不禁噗哧笑了出來。

「久城同學真是的，才沒有那回事啦。」

她用力推著一彌的背後，又補了一句：

「她是個天才喔……！」

手拿講義的一彌一如往常抬頭挺胸，皮鞋發出響亮的「喀、喀、喀……」沿著走廊前進。

塞西爾面帶笑容目送他。

一彌走出校舍，朝著矗立在學園廣大校地深處的灰色石塔走去。現在已經是春天，曾讓一彌著迷的花壇小花，再度冒出可愛的金色花蕾。偶爾吹過的風也相當溫暖，暖洋洋的舒適季節已經來臨。

在蕭瑟冬季消失無蹤的春日庭園裡，一彌抬頭挺胸的背影逐漸遠去。

朝著位於聖瑪格麗特大圖書館最上方的祕密植物園前進。

——過了不久。

「遲到還不夠，竟然打算在圖書館打混？你想怎麼樣都隨便你，但是至少不要妨礙我，滾到一邊去。」

「咦……難不成妳就是維多利加？」

有如是在等待從沒見過的某人，金色頭髮從圖書館最上方往下垂落，猶如嬌小陶瓷娃娃的少女維多利加，與穿越重重海峽，來自遙遠島國的唯一部下，也是唯一朋友相遇了。

少年的名字是久城一彌。

時值一九二四年——

歐洲一角，國境與法國、瑞士、義大利鄰接，面積雖小卻以悠久莊嚴的歷史為榮的國家，蘇瓦爾。在國土最深處的祕密場所，聳立在阿爾卑斯山脈的山腳下，雖然不及王國本身，但仍以悠久的歷史自傲，專為貴族子弟設立的名校聖瑪格麗特學園。

隱藏在學園深處的灰色巨大圖書館塔，迷宮樓梯上方是個不可思議的地方——

「如果是的話，那麼……」

一彌輕輕踏進靜謐又帶著些許幻想的最上層植物園：

「我是拿講義來給妳……」

維多利加吞雲吐霧地抽著菸斗，小巧可愛的鼻子哼了一聲：

「這麼說來，你是誰？」

一彌聽到少女詭異的沙啞聲音，忍不住縮了一下。然後又因為她的美麗與異樣而感到緊張，以顫抖的聲音回答：

「我是……久城。」

聽到他這麼說，維多利加微微笑了。少女毫無表情的側臉似乎顯得很愉快，不禁露出緩和的臉色。一彌完全沒注意到微小的變化……

暖洋洋的春風從敞開的天窗吹入，白色細煙從陶製菸斗朝著天窗升起。少女與少年隔著一點距離，一人坐著，一人站著，彼此凝視對方。

這是一九二四年的春天——

於是金花與死神終於找到對方。

然後是這天早晨發生的〈機車斬首事件〉的真相、前來學園的神祕留學生艾薇兒・布萊德利與〈第十三階的紫書〉相關謎團、〈騎士木乃伊事件〉，以及大盜奎亞那與冒險家的祕密遺產〈黑使士〉等一連串的事件，都是由維多利加・德・布洛瓦與久城一彌攜手追蹤。

但是，那又是別的故事了——

後記

各位讀者，大家好。我是櫻庭一樹。在此獻上這本《GOSICKs 1——伴隨春天而來的死神——》還請大家多多指教。

這是第一本短篇集～～真高興！

在這裡稍微宣傳一下。《GOSICK》系列長篇已經出到第四集！不過在時間軸上，這本短篇集要比長篇來得早，是發生在主角維多利加與一彌相遇的一九二四年春天的故事。

作品的起點原本是參加富士見書房的月刊《DRAGON MAGAZINE》上舉辦的「龍皇杯」的短篇小說。刊出六名作家的短篇小說，由讀者進行投票爭奪連載的權利。《GOSICK》雖然很遺憾地落選，但是很幸運的能以全新創作的長篇小說，以及在季刊《FANTASIA BATTLE ROYAL》短篇連載的方式繼續下去。（多虧各位讀者一年半以來的支持！真的很感激！）

就是這麼一回事，在長篇第一集裡已經相識的維多利加和一彌，最初邂逅的故事就是這本短篇集所收錄的龍皇杯參賽作品「第一章　春天來到的旅人將為學園帶來死亡」！在長篇故事裡已經享受過兩人到處冒險的讀者不用說，對於有生以來第一次拿起《GOSICK》的讀者，希望各位也可以從這裡開始看。

短篇第二章之後是在《FANTASIA BATTLE ROYAL》連載的內容。連結短篇第一章到長篇第一集之間的春天，甫相遇的維多利加與一彌被捲入各種事件之中，感情一點一滴變得越來越深厚。兩人尚嫌冷淡的對應，在長篇系列中未曾提及，來自英國的留學生艾薇兒令人意外的真面目。此外還有不祥的紫書，騎士木乃伊，夜間行走的陶瓷娃娃等無法解釋的事件！

最後收錄的新故事，是連載當中也未曾敘述的維多利加在兩人相遇之前的故事。一九二二年，距「故事中的現在」兩年前。從侯爵家的高塔移到學園的「令人恐懼的灰狼」——嬌小的維多利加。另一方面，一彌也在漫長的航海旅程之後終於抵達蘇瓦爾王國——

希望一直都有注意雜誌連載的讀者，也能夠在看到全新創作的部分時感到愉悅，這就是我最大的喜悅。

——所以我想要在這次的後記裡，寫些有關剛開始著手《GOSICK》系列時的內幕和最初設定……雖然這麼想，可是從開始動筆到現在都已經超過兩年了，記憶早已變得模糊……

對了，我想起來一件事。說到動筆的內幕，當然就是這件事！

大約是在這本書出版前兩個月的黃金週發生的事情。在東京御茶水的全電通勞動會館大廳舉辦的「ＳＦ講習會」，邀我去當來賓。我要發表的主題是「輕小說的製作方式」。我找了富士見書房的責任編輯Ｋ藤先生和我一起去，兩人熱烈地發表不少言論。

就在前一天晚上。我一邊敷臉，一邊想著明天要說什麼才好～「……不妙。剛著手寫《GOSICK》系列時的事，我根本就記不得了！」於是慌忙地從工作書架深處找出以前討論時寫下的筆記。

以下就是從筆記裡面選出我覺得最有趣的地方……

『塞西爾老師其實是人造人。』
『可以更換腦袋！只要換個頭，就能以不同老師的身分出現？』
『艾薇兒會使劍。而且很厲害！』
『奔跑的盔甲！』
『一彌和盔甲幽靈是好朋友。』
『總之就是有一大群好像變態的傢伙！』

這、這究竟是怎麼回事……？
這種詭異的文章是誰寫的!?

（在記憶的深處，好像有，又好像沒有……雖然想要賴給別人，可是這個筆跡怎麼看都覺得很熟悉……該、該怎麼辦才好……驚慌失措。）

當天在ＳＦ講習會的講台上，我戰戰兢兢向Ｋ藤先生問道：「那個，我找到這些筆記……」「咦？」他也是狠狠嚇了一跳。就是說嘛～環視坐在台下的聽眾，他們也都感到很吃驚呢。就是說嘛～

可是沿著第一本、第二本謎樣筆記往下走，就越來越接近現在的《GOSICK》世界，到了第五本左右已經不再怪異，就連作者本人也是「原來如此啊～～」看得津津有味。雖然令我驚訝，卻是相當有趣的體驗。（不過那種東西我是不會讓任何人看的。我會盡快拿到附近的河邊放水流，你們就算看到這種東西流過來也不准撿！）

對了……

事實上，長篇第一集《GOSICK》後記寫到貘犬小偷，故事的續篇【貘犬劇場】在第二集《GOSICK 2 —其罪無名—》後記寫了一半出現「待續」，因為頁數的關係，沒辦法放進《GOSICK 3 —藍薔薇下—》的後記裡面，看樣子似乎可以塞在這裡。所以我想就從這裡寫些我的外祖父和貘犬和溺水狗的故事。（↑寫來像是繞口令。）

呃……真抱歉沒頭沒腦突然插進來！不過我這就開始說吧～

這是我想起放在祖父書房裡的石製書擋，懷著滿心的疑惑在年底搭上飛機，降落在飄落鵝毛大雪的故鄉機場的故事。（沒頭沒腦插進來，真是對不起啊……）

【貘犬劇場（完整版）】

……這次來談談「另一個貘犬小偷」的故事。

偷過貘犬的人還真是出乎意料得多——仔細想想，在我身邊也有另一個人犯下相同的罪行。這次就來說說這個人的故事——是個和我非常親近的人。

是我的外祖父。

也就是我母親的父親。

這件事是在去年年底想起來的。當時我出席富士見書房年底所舉辦的感恩派對時，不知為什麼每個遇到我的人都說：「咦？妳沒帶貘犬小偷一起來啊？」（……幹嘛帶她來！）結果在回家的路上，莫名奇妙整個腦子都是貘犬。

在微醺之中，我鑽進被窩裡打算睡覺時，突然有個影像模糊在黑暗中浮現。

灰白色，圓形輪廓的怪東西……

那怪東西有，兩個……

啊，好想睡。快睡著了……

可是輪廓竟然變得清楚了。嗯……？好像是石頭耶。啊，有臉。這是什麼？這個……

這個……這個……

我突然從床上跳起來。整個人清醒過來。

「——是貘犬啊！」

抱著頭鑽出被窩，為了讓自己冷靜下來還泡了香草茶，手裡握著馬克杯呆呆站在原地。該怎麼說呢，就像是推理小說裡總有「在陰錯陽差之下，年幼時封印的不祥記憶再度復甦……」就是那個。

雖然感到不安，記憶還是慢慢復甦。

浮現在記憶中的場景，似乎是已過世的外祖父的房間。那是深山大宅裡的一個房間——安靜的書房。外祖父是位沉默寡言的植物學家。他的書房充滿靜謐不可侵犯的空氣，排列著整排好像百科全書的厚重書籍。他的房間簡直是由知性與靜寂所統治。在堅固的矮櫃上，陳列著沉重的書籍。而固定住書籍兩端的便是石頭打造，灰色的書擋……

問題是，怎麼想都不覺得那個書擋是市面上賣的東西，總覺得它是貨真價實的「貘犬」。

但是，記憶也有可能是事後捏造的，也有可能是我一直想著貘犬、貘犬，才會捏造出這樣的記憶。我在心裡如此解釋，喝過香草茶便乖乖睡著了。

但是隔天、再隔天，還是覺得外祖父的書房裡就是有兩個低調的貘犬。

輪廓越來越清楚、慢慢回想起來。低調的貘犬……可是又覺得一點也不低調，反而很有存在感……

我在意到難以忍受的地步。

正值年底，我打算趁回老家的機會好好調查一番。

從東京搭乘飛機正好一小時。十二月某日，在空氣澄澈、群山綠意的包圍中，我降落在飄落鵝毛大雪之處……

「過得好嗎？吃飽了沒？這條裙子不錯看嘛——小說的狀況如何？朋友全是怪傢伙？」

來接我的老媽VERY囉唆，但是我完全無心應付，只是隨便敷衍了事。搭車回到老家在客廳安頓下來之後，還是覺得心情浮動。

第二天早上，總算到現在由外祖母獨居的那幢靜謐大宅去露個臉。隨便打聲招呼，我便往應該依舊維持外祖父生前狀況的那間書房走去。

裡面一定有貘犬，它一定在這裡——當非常確定的我打開沉重的櫸木門……

「…………沒有？」

應該放著貘犬的地方……矮櫃上面空空如也。

難道是我在作夢嗎？我歪著頭，靜靜離開大宅。

那天夜裡。

我在老家的開放式廚房兼餐廳裡，繼續思考有關外祖父、書房與貘犬的祕密。煩惱了好一會兒，還是覺得很在意，便問了老媽。再怎麼說，老媽總是外祖父的女兒嘛（廢話……）。

我起身對著老媽的背後發問：

「呃……」

「什麼事？」

「雖然是很久以前的事了……」

「怎麼了？」

「外公的書房裡，是不是有貘犬啊？」

我自己也覺得這是怪異的問題。怎麼會問是不是有貘犬這種問題……

結果一邊哼歌一邊準備年菜的老媽，纖瘦的背影突然微微顫抖。一切動作停下來，包含緊張與動搖的不祥沉默，開始籠罩明亮現代化的系統廚房。

我嚥下一口口水，看著老媽的背影。如果是恐怖小說的話，就是媽媽在想起不祥記憶的女兒面前，啞口無言的感覺吧。這種緊張感究竟是怎麼回事……

結果……

轉身的老媽完全是平常的表情，真是令人失望。
「嗯、嗯！」點頭之後開朗說道：
「啊，那個啊？那是妳外公偷回來的喲。」
什麼!?
外祖父是個沉默寡言的人。總是身穿雙排扣長大衣，頭戴呢帽，手持時髦枴杖，滿臉笑容。他是在大正時代度過少年時期的摩登男孩，對於當時愛上的新穎玩意一直情有獨鍾，最喜歡的東西是番茄醬和香草冰淇淋（啊，不是把番茄醬拿來喝，是指茄汁義大利麵和蛋包飯。）
另一方面，他對植物也毫不吝惜地灌注愛心，據說是相當有名的植物學家。也是一個穩重，沒有任何怪異之處的人……不，等一下。
這麼說來，當他為了鑑賞植物獨自一人到處亂晃的時候，總會帶著怪異的東西回來當禮物。我發現在那個高雅安靜的書房裡，隨處放著俄國帶回來的紀念品葉爾欽人偶、搶眼的神祕草裙（用來跳夏威夷草裙舞？）之類的東西。不對，這才發現這麼一來，實在不能說是個高雅安靜的書房。
再加上他曾然把不小心迷路來到庭院的烏鴉關進籠子裡「飼養」。依照本人的說法是：「唉呀，我只是想看看會變成怎樣……」安靜的大宅裡不斷響著「嘎——！」（加以翻譯成人

話：救命啊——！）的叫聲，烏鴉大約過了三個星期之後就死了。

甚至還有「我以為牠應該會游泳……」於是滿臉笑容將飼養的愛犬丟進庭院池塘裡的事。當時還是小女孩的我大吃一驚，「嗚哇哇哇哇！」害怕地大哭，外祖父和被哭聲驚動跑出來的外祖母卻對著拚命以狗爬式游泳（不對，那應該是溺水！）的愛犬，「哈哈哈哈！」捧腹大笑。

……果然是個怪人。

或許他不是穩重高雅的老紳士。不對，平常是這樣沒錯，但是我能確定，他有著與外表完全不同，豪放的一面。

我越來越搞不懂了，於是我再次詢問專心把菜餚塞進豪華餐盒裡的老媽：

「……偷來的？」

老媽點點頭，若無其事地說：

「因為妳外公說貘犬拿來當書擋剛好……」

「……」

「很有趣吧？」

「……嗯。」

有趣嗎？

以「拿來當書擋剛好」為理由偷回來的貘犬，下落又是如何……

過了年就是元旦，再次去向外祖母拜年時，又提到這個話題。外祖母和老媽很興奮地提起那件「深夜裡的冒險」。

「深夜裡的冒險」是怎麼一回事？據說是這麼回事：在外祖父去世之後，外祖母和老媽認為「把神明的東西放在手邊還是不太好……」（↑沒錯），於是兩個人搬著貘犬，偷偷放在附近的神社。

若無其事地把貘犬放在神社裡，兩人自認有貘犬在那裡一點也不奇怪的地點，各自說了「再見了。」「長久以來真是多謝，好好保重。」告別之後，兩人拔腿就逃。數年之後再經過那個地點，據說貘犬有如幾百年前就已經待在那裡似的，長著漂亮的青苔端坐在原地。

「我們做了一件好事呢。」

「對啊。」

外祖母與老媽面對面露出溫和的微笑。

這算是佳話一件嗎……？

可是當我問到「那是哪個神社？」兩人的回答卻是「○○大社啊。」「不對啦，是△△神社才對。」記憶有所出入，而且兩人都不願讓步。附帶一提，不管哪個神社都是有名的觀光景點，根本不是什麼可以隨便經過就把貘犬扔下，像是附近的空地之類的地點。

老媽和外祖母吵了起來：

「妳胡說什麼，明明就是○○大社！」

「是妳老糊塗了，是△△神社才對。」

「啊——真是夠了！妳在說什麼、妳在說什麼！」

「哈哈哈，妳應該不到老人癡呆的年紀吧？」

老媽似乎略居下風，雖然我一點都不在乎是哪一間，不過她們就這麼繼續爭論究竟應該是哪間神社。

突然變得一點也不有趣。

兩人互不相讓。老媽的眼眶帶著淚水，外祖母則是哈哈大笑。

我鑽進暖桌裡面，努力掩飾自己的存在以免遭到池魚之殃。或許是因為壓力太大，濃厚的睡意襲來。也可能是因為我明明沒什麼酒量，卻在過年的白天喝了一些酒的緣故。

當我回過神來，老媽在右，外祖母在左，開始搖晃我的身體。

「做、做什麼……？」

「快起來。要出門啦！」

「咦？有說過要出門嗎？」

抬頭只見右邊的老媽，左邊的外祖母睜大眼睛瞪著我。好可怕，救命啊。很久以前，當我還是孩子的時候，這兩個人在某些地方就來得比我還要孩子氣。種種痛苦的回憶有如走馬燈奔馳而過。

兩人一左一右搖晃我：

「好了，快起來！」

「我們三個人一起去確認！」

仔細一瞧，她們兩個不知何時已經穿好大衣，圍上圍巾，做好外出的萬全準備。我、我逃不掉啦……！可是，這一天明明就是大年初一，不論○○大社或△△神社都被來自四面八方的香客擠爆，到處都是大塞車。無論怎麼想，要到那兩個神社再回家至少也要花上五小時。

我鑽到暖桌裡面，使出裝病這招（真不像大人）。

「媽媽、外婆。我肚子痛。」

以奄奄一息的聲音如此說道，兩個人互看一眼：

「……咦？」

「妳這個孩子，還好吧？」

抓住這個機會，我趕緊說下去：

「好痛啊。」

兩個人突然變回大人的模樣，臉上的表情也因為擔心而陰沉（對不起啊……）：

「這麼說來，這個孩子從剛才就一直癱在這裡。」

「那就去不成了……」

兩人似乎非常遺憾地點點頭。就是這樣，有如惡夢從記憶深處復甦的貘犬究竟身在何方，我依然一無所知。算了，不知道就算了。我可不希望老媽和外祖母吵架。

雖然大家什麼也沒說，但是大人總是在暗地裡做些怪異的勾當。全國的好寶寶們，得到這個結論之後，這個故事就到這裡結束……

「完」

結、結束啦！

沒頭沒腦插進來，真是對不起……噗！

就這樣把頁數用完了。在這裡致上我的謝辭吧……

那麼……

在這次執筆的過程中，也得到各位相關人士的大力幫助。藉此機會向大家道謝。

責任編輯K藤先生，因為超級厲害所以還是一樣忙得不得了，還要繼續麻煩您擔任

《GOSICK》系列的整理&編務工作。插畫家武田日向老師，不管是可愛的維多利加，服裝的設計，還是學園的描繪統統很厲害！今後也請多多幫忙。

還要感謝各位拿著書的讀者！如果這本書也能讓各位樂在其中，那將是我最大的榮幸。

接下來應該是預訂在冬天出版的長篇第五集——結束漫長暑假的聖瑪格麗特學園，某個沉睡的東西有所動作……歷史齒輪開始轉動。此時的維多利加與一彌又該……!?

還有在《FANTASIA BATTLE ROYAL》正在連載時間點位於長篇第四集和第五集之間，學園暑假的故事。兩人留在空無一人的聖瑪格麗特學園，發生在維多利加與一彌身上的幾個難解事件。還是靠著少女的「智慧之泉」才得以解決——〈小馬拼圖〉插曲就在夏季的故事裡解決。長篇和短篇的《GOSICK》都請多多指教。

這次也很感激各位耐心看到這裡。希望下次能夠再見～～！以上是櫻庭的報告。

櫻庭一樹

〈櫻庭一樹官方網站〔SCHEHERAZADE〕http://sakuraba.if.tv/〉

（註：以上所述皆為日文版發售的時間及雜誌連載）

國家圖書館出版品預行編目資料

GOSICKs.1, 伴隨春天而來的死神 / 櫻庭一樹作；
洪嘉穗譯,——初版.——臺北市：臺灣國際角川,
2008.02—面；公分

譯自：Gosicks. 1, ゴシックエス.春來たる死神
ISBN 978-986-174-609-8（平裝）

861.57 97000548

Kadokawa Fantastic Novels

GOSICKs 1 —伴隨春天而來的死神—

（原著名：GOSICKs Ⅰ －ゴシックエス・春来たる死神－）

2023年9月27日 二版第1刷發行

作　者：櫻庭一樹
插　畫：武田日向
譯　者：洪嘉穗

發 行 人：岩崎剛人
總 編 輯：蔡佩芬
副 主 編：楊鎮遠
美術設計：黃永漢
印　務：李明修（主任）、張加恩（主任）、張凱棋

發 行 所：台灣角川股份有限公司
地　址：104台北市中山區松江路223號3樓
電　話：（02）2515-3000
傳　真：（02）2515-0033
網　址：www.kadokawa.com.tw
劃撥帳戶：台灣角川股份有限公司
劃撥帳號：19487412
法律顧問：有澤法律事務所
製　版：巨茂科技印刷有限公司
ISBN：978-986-174-609-8